随想

# 日頃
# 気に掛かって
# いること

瀧田 資也

# Contents

## 町医者のたわごと―医療・介護四方山話　5

医者と患者
　＊危険と安全への対策
　＊コミュニケーションの欠如
医療と介護
　■医療関係を中心に
　■介護関係を中心に
　■医療と介護の関係

病気はなぜ生ずるのか
文明と文化
　■文化事業と文化力について
人間の心理
　＊だまされやすさ
仕事と休日
経営
　＊リピーター　＊サービス　＊患者様

ゲノム
縁と運
生と死
〈自殺〉
〈安楽死・尊厳死〉

## 気の向くままに　61

生活
医学と宗教
医学と芸術
健康と病気
医者と患者
総合診療医
患者様
医療と介護
常識・良識と教養
言葉
情報
コミュニケーション
会議
時間
働くということ
生産性
三識そして知恵・知性と叡智
学ぶということ
経験
理解
認知
直観
決断
段取り
協調性
仕事力
組織

統率者
社会と世間
居場所
適材適所・適所適材
考えるということ
判断するということ
文系と理系
エビデンス
才能と才覚
錯覚と思い込み
失敗と過失
事故
視方
観方
信念
信用と信頼
人望と人気
性格と人格そして人間性
虐めと虐待
倫理と道徳
善
徳
君子
忠恕
信義と仁義
礼
権利と義務

差別と格差
表と裏
忖度
守秘と開示
矛盾
権力者
自己保身
甘え・わがままそしてエゴ
傲慢と謙虚
自尊心・自己顕示欲
自意識過剰・目立ちたがり
僻み・嫉み・妬み・恨み
ハングリー精神と負けず嫌い
嘘・改ざん・捏造・隠蔽
真似ること
義理と人情
恩
偶然と必然
縁と運
運命
幸福
人生
生き方
価値観そして人生観
寿命
引き際
生と死

辞世の句　118　　最期の言葉　119　　索引　120　　引用文献　122

## はじめに

瀧田 資也

　医療法人瀧田医院20年史での「町医者のたわごと―医療・介護　四方山話」に日頃気に掛かっていることを羅列した。

　同30年史での「気の向くままに」でも同様な試みをした。しかし「町医者のたわごと―医療・介護　四方山話」を念頭に置いてのことではない。

　改めて両者を読み比べてみると、「気の向くままに」には「町医者のたわごと―医療・介護　四方山話」と重複している内容が幾つかあった。それらは10年経っても日頃気に掛かっている内容ということになる。また10年経っても進展しない内容もあるということになる。

　なお両者に羅列した内容は幅広いものとなっているが、互いに絡み合っている。

　さて2018年度は瀧田医院が法人成りして30年の節目の年度であるが、私にとっても75歳となって医療保険での「後期高齢者」そして日本老年学会で最近提唱された75歳以上を高齢者とする「新（真）高齢者」の仲間入りの、また医者になって50年の節目の年度である。

　そこで此の度、それらを印して各年史から当該箇所を抽出し、一部添削して、『日頃気に掛かっていること』としてまとめてみた。

　私は、今、人生の"下り坂"に差し掛かっているが、これらの内容を噛みしめながら"下り坂"を下り、ゴールに着く頃には「我が人生、悔いはなし」と想ってみたいものである。

# 町医者のたわごと
──医療・介護四方山話

医療法人 瀧田医院20周年を記念して

# 医者と患者

　患者は、医者を以前は'お医者様'と呼ぶことがよくあり、そのことが世間には抵抗なく受け入れられてきた。それは、医者がしっかりとした見識を持ち、患者から信用され、尊敬されていたからであるが、最近は違う。

　医者が患者から信用されなくなり、尊敬されなくなった要因に、医療の現場で頻繁に医療事故が起こっていることがある。その原因に、今まで'臭いものに蓋'と表沙汰になっていなかったことが情報開示の徹底によりあぶり出されたこと、医療事故対策、すなわち、**危険と安全への対策**\*の欠如があること、スタッフ間の報・連・相が徹底されていないこと、医学部の入試が学力の偏差値の高さに重きを置かれていることや入試科目が我々の時代に比して少なくなり、また、大学教育の教養課程の軽視により、医者の人間性が豊かではなくなっていることなどが挙げられる。

　なお、医者の'おごり'や患者の'わがまま'、そして'社会常識の欠如'などからくる「**コミュニケーションの欠如**\*」の問題がある。

　医者と患者は対等な人間関係ではあるが、医療の領域では、「医者は'病気への対応の舵取り'である」ことが基本にあるという認識を医者も患者も共有しなければ医療は成立しない。

　医者が'おごり'を持つことと、'仕事へのプライド'を持つこととは次元が異なる。

　医者も人間であり、万能ではないので、医学・医療さらには介護に関して、知らないこと、分からないことやできないこと

が多くあり、時には失敗もする。したがって、自分が知らないこと、分からないことやできないことは患者や家族に"知らない、分からない、できない"と、また、自分の失敗も患者や家族に謙虚に言うべきである。一方、患者や家族は、当該の医療機関—医者に相談なく、あるいは、こっそりと他の医療機関—医者に行かずに、"他の医療機関—医者に行きたい"とか、"他の医者のセカンドオピニオンを求めたい"と言うべきである。また、介護保険の利用に関しても医療機関—医者に胸襟を開いて相談すべきである。

『日経メディカル2007年6月号』に「好感の持てる医師は？」という質問に対する患者の回答が載せられている。

> 1位：説明が分かりやすい
> 2位：話をよく聞いてくれる
> 3位：態度や言葉遣いが丁寧
> 4位：時間をかけて説明してくれる
> 5位：共感、いたわりの姿勢を示してくれる
> 6位：診療の腕がいい

　何と、5位までは全部「コミュニケーション」に関することであり、6位に初めて'診療の腕がいい'という医師の質を評価する回答が登場している。
　患者が望んでいるのは「医師との良好なコミュニケーション」ということである。

脳研究者・東大大学院薬学系研究科准教授池谷裕二氏は、「あすへの話題『脳を知りたがる脳』(日本経済新聞・2007年12月12日付)」で「コミュニケーション」について、[「コミュニケーション」は、発せられた言葉だけでなく、相手の表情やしぐさを的確に読み解くことによって成立する。つまり、他人の心を推測できてこそ社会が社会として意味を持つ。だからわれわれの脳は、他人の心を解読しようと必死だ。]と記している。

　医者の心情・判断と患者や家族の心情・判断に連続性がなければならぬ。
　と言っても、患者や家族側からは「医者が怖くて、話ができない」という場合もある。
　そのような場合、'患者と医者の橋渡し'をする医療コーディネーターの存在がある。医療コーディネーターには、公的な資格はない。看護師経験者らが参加していて、「日本医療コーディネーター協会」が2003年2月20日東京都港区赤坂に発足した。
　医療コーディネーターの仕事の内容は、治療に関する相談や診察の同席、治療法・医療機関の調査・紹介などである。
　昨今、外国人、特に渡航者の患者が増えて医療コーディネーターの仕事の内容がより複雑、高度になってきている。
　通訳の問題がある。意思の疎通を図るために通訳、特に医療通訳ができる医療コーディネーターの育成が必要である。
　医療費支払いにも問題がある。医療保険に加入していなくて医療費を支払えないケースがあるが、渡航者の中には留学ビザを使って国民保険に加入して日本の高額医療を受けるケースもある。外国人、特に渡航者の医療費対策が必要である。

## ＊危険と安全への対策

われわれは、いろいろな種類の危険に囲まれて生きており、しかも、そうした危険は、自分たちの力ではどうしようもない巨大な自然の権威によるものから、まさしく自分自身にすべての責任があるような種類の事故に至るまで、極めて広いスペクトラムを備えている。生き延びるためには、そうしたスペクトラムを持つ危険の可能性のなかで、ある場合には正面から挑戦し、ある場合にはすりぬけ、目をつぶり、諦め、甘受する。それが人生だと言ってしまえば、それで話はおわりだが、この多種、多様、そして多層な危険と対面し、安全を求める人間の営みをそれなりに統一的に把握してみることはできないか、あるいは個々の現場で積み重ねられている安全への努力を共有し、共通に議論するプラットホームを造り上げることはできないか。

『安全学』（青土社）　村上陽一郎


失敗をマイナス面ばかりでとらえるから、失敗をだれもが隠したがる。
隠すためにまた失敗を重ねる。そのうちに、取り返しのつかない大失態に成長してしまう。

『失敗学のすすめ』（講談社）　畑村洋太郎


● 予測できるはずの失敗
『ありうることは起こる』という意識が失敗を防ぐ。
「こうつくったら失敗しない」という方向だけではなく、あらゆる失敗を「ありうべきもの」と考え、「失敗をするとしたらどういう状況のときか」を抽象化し、チェックしていく―こうした、いわば失敗の「逆演算」こそが失敗を予測し、防いでくれるのです。

●失敗は伝わらない

　１件の重大失敗の影にある300件の「ひやり」

　1940年ごろ、アメリカの損害保険会社の調査部副部長だったハインリッヒという人が提唱した「ハインリッヒの法則」―１件の重大失敗の影にある「ヒヤリとした」「ハッとした」出来事が300件起きている。

●組織が失敗を呼ぶ

　成熟した組織に生れる「隙間」が失敗につながる―重大事故であればあるほど、「個人」よりも「組織」に問題がある。

●失敗を残せ

　失敗に学び、再発を防止するために、事故を起こした企業や組織は「動態保存」をする義務がある。

　　　　　　　　『だから失敗は起こる』（日本放送出版協会）　畑村洋太郎


**＊コミュニケーションの欠如**

「コミュニケーションの欠如」は「ヒトとヒトとの間の伝達の欠如」である。

ヒトはそれぞれ考え方や感性が違うから、ヒトとヒトとの間の伝達はむつかしい。とくに、現代における「人間の関係」はむつかしい。

そもそも人間という字は、人はひとりでは生きてゆけない存在だということを示しています。

人間の脳に関する入門書を読んでいると、シナプスという言葉がしばしばでてきます。脳の細胞は日々こわれていき、再生しないまま減っていくのだそうです（筆者注：現在、このことは否定されています）が、この脳の神経細胞それぞれのあいだをつなぐ大事な役割りをシナプスがになっているのだそうです。人間は歳をとると、脳の神経細胞が減少して（筆者注：現在、このことも絶対視されてお

りません)、ボケていくだけかと切ない気持ちでいたのですが、どうもそれだけではないらしい。ときにはシナプスが思いがけぬ力を発揮して、細胞間の関係を調整し、連携しあい、なんとか減少した細胞を組織して、やりくりをつける働きをするという。

（中略）

いま必要なのは、人間と人間とのあいだをつなぐシナプス、心のシナプスとでもいうべきものではないでしょうか。

「人間の関係」におけるシナプスとは、一体なんだろうか。それをどう発見し、どう育てていけばいいのだろうか。

ぼくはそのことを、ずっと長いあいだ考えつづけてきました。そして少し見えてきた方向が、「人間」を考えるのではなく、「人間の関係」を考えることこそ重要だ、ということです。人間について考えることと、人間の関係について考えることとは、同じように見えてもそうではありません。

（中略）

「人間の関係」こそが、これから最も重要な課題として、いま私たちの前にあらわれてきたように思うのです。人間を関係する存在として見ていこう、そこをつなぐ心のシナプスを探そう、これがぼくのいま考えていることなのです。

『人間の関係』（ポプラ社）　五木寛之

# 医療と介護

## ■ 医療関係を中心に

### 予防医療

＜**健診（健康診断）**＞　2008年度より腹囲を測定することを主眼としたメタボリック症候群対策の特定健診が始まった。

日本経済新聞夕刊（2008年4月24日付）の「私論　罪と罰」で、大略［腹回りを測ることで、世界有数の長寿国を支える働き盛りの多くを「病気」や「予備軍」と認定するメタボリック健診がとうとう始まった。会社員にとって肥満はついに「罪」になった。やせられないことに対してさえ罰が下るのだから、薬害や後期高齢者医療制度などの命にかかわるトラブル続出の厚労省は今後、自らにどれほど厳しい罰を科すのだろうか。じっくり見守りたい。］と記している。なお、英国Glasgow大学医学部Naveed Sattar氏らによる「Lancet」（2008年6月7日号）での報告では、メタボリック症候群は糖尿病と相関するものの、血管リスクとの関連はないか、または弱いために心血管疾患と糖尿病のリスクを同時に予測する試みは有益でないということである。

いずれにせよ、メタボリック健診が医療保険の財政の膨張に繋がらなければよいが…。

＜**ワクチン**＞　今、新型インフルエンザワクチンの開発が問題になっている。

中日新聞夕刊（2008年5月20日付）の「解説　予防医療の徹

底第一に」で、大略［日本はワクチンにおいて「発展途上国」である。例えば、ポリオのワクチンは副作用の少ない「不活性ワクチン」が世界の標準であるのに、日本では古いタイプの「経口生ワクチン」を未だ使っている。ムンプス（おたふくかぜ）のワクチンも未だ旧世代のものである。子宮頸がんの原因のヒトパピローマウイルスのワクチンは未だ承認されていない。日本がワクチンの発展途上国である理由は、ワクチンをつくる研究開発費に外国と日本との製薬企業間にけた違いの差があり、外国の企業のワクチンが日本の製薬企業のワクチンより優れているのに、国は国内企業の保護のために外資を締め出しているからである。その裏に国と日本企業との官業癒着が見え隠れしている。］と記している。

　いずれにせよ、不十分なワクチン制度が医療保険の財政の膨張に繋がらなければよいが…。

## 医師不足問題

　医師不足、とくに勤務医不足と医師の地域や診療科の偏在が現在社会的問題となっている。小児科、産婦人科や外科などは、他の科に比して配属された医師の数が少ない上に、課せられた労働量が多いことや、訴訟を提起される可能性が高いこともあり、それらの科の医師になりたがらない傾向にあって医師不足が問題となっている。

　勤務医の減少に対して、国は医療保険制度の改定で対応しようとしている。しかし、医師が自分の専門の科を決める際や病院に就職を決める際の制度の不備、すなわち従来の医局制度の不備や、勤務医の労働に対して労働基準法がしっかりと対応さ

れていない現状が根底にあることを国は認識すべきである。

## 高齢者の医療保険

　高齢社会を迎えて医療費がかさみ、後期高齢者医療制度（長寿医療制度）が問題となっている。

　国は高齢者も現役世代と同じ医療機関窓口負担であった実態を改めて、1973年に初めて70歳以上の患者を無料にする制度を創設したが、1983年、老人保健制度発足に伴い、また有料化された。そして2008年度より、原則75歳以上の患者には、特別に後期高齢者医療制度（長寿医療制度）をつくった。この制度に対して、現在いろいろな角度から批判の声が強い。しかし、この制度が国会で承認されたのは2年前のことである。

## 在宅医療

　現在の日本の家族形態は核家族や老々家族が多くなっているので、また、医療の進歩などにより高度医療をするため、すぐに患者は病院に入院をする傾向が生じて‘社会的入院’が問題となり、医療保険制度で入院期間の制限がおこなわれるようになり、在宅医療の充実が謳われるようになったが、それを実行するには、支える家族の介護力・経済力の状況や訪問系の介護サービスの充実など、幾つかの問題点がある。

「病院で死ぬか、在宅で死ぬかじゃありません、誰に看取られて死ぬかなんです」

　　　　　　　　　　　　『大往生』（岩波書店）　永六輔

## ■ 介護関係を中心に

### デイサービス・デイケア・ショートステイ

　デイサービスとショートステイは福祉業界から、デイケアは医療業界からの言葉である。

　これらの言葉はゴールドプランが策定されて登場し、介護保険制度が発足してからも、医療界と福祉界のバランスを重んじて、そのまま並列して介護保険制度に取り込まれた。

　なおデイサービスとデイケア、さらには、ショートステイというカタカナでは高齢者には馴染まないということで、各々通所介護、通所リハビリ、短期入所生活（または療養）介護と呼称されるようになって介護とリハビリが相対となった。結果、介護とリハビリの定義にも依るが、両者の関係が見えにくくなった。

　デイサービスをおこなうことができる事業所は、以前は限られた法人のみであったが、現在では単なる法人で良く、一定の基準の施設・人員基準を満たせば良い。

　結果、随分の数の事業所が誕生したが、その事業内容は事業所によって必ずしも一様ではない。

　デイサービスは利用者の社会的な交流や家族負担の軽減などが目的であり、送迎、食事提供、入浴介助や運動機能訓練を利用することができる。運動機能訓練は、特別養護老人ホーム（介護保険制度では介護老人福祉施設と呼称）などの老人介護施設で、リハビリ療法士が関わって利用者のＡＤＬ（日常生活活動）の向上を図ることとしたが、当時リハビリ療法士の供給が殆どできない状況であったので、マッサージ師・柔道整復師や経験のある看護職員でも良いということになり、介護保険制度の中

に組み込まれた現在でもそのままの形式である。

　デイケアをおこなうことができる施設は、病院、診療所と介護老人保健施設である。

　デイケアはリハビリが主目的であり、リハビリ療法士が必ず関わらねばならない。なお、最近リハビリという言葉はごく当たり前に使われているが、リハビリという言葉が医療法に登場して市民権を得たのはわずか12年前のことである。

　デイサービスと同様に送迎・食事提供・入浴介助も受けることができる。


　デイケアでのリハビリもデイサービスやショートステイでの運動機能訓練も利用者のＡＤＬを目的としている点では同じである。また、リハビリ療法士はデイケアでのリハビリにも、デイサービスやショートステイでの運動機能訓練にも参画し得る。また、両者共、送迎・食事提供・入浴介助を受けることができるので、デイサービスでの運動機能訓練とデイケアでのリハビリ、さらには、デイサービスとデイケアそれぞれの差は何なのであろうか？

　そもそも、デイサービスとデイケアは、共にサービスであり、ケアである。


## 介護予防

　2006年度に介護保険制度下で自立支援の名目で新たに介護予防介護保険という制度ができた。

　介護予防とは、本来介護を要する病気にならないようにすることのはずであるが、介護保険制度下で介護予防とは、2006年、

従来の要介護1〜5のグループに加えて新たに要支援1と2の
グループをつくって、それまで主に介護度1であった多くの利
用者を要支援1や2に格下げして低額の月額定額報酬で介護を
して介護保険制度の財政のパンクを抑えようということが国の
本意なのであろうか。

## 介護保険制度に関係する職員不足問題

　国は介護職員の数が充足されていない状況下で介護保険制度
を発足させた。そのためと、最近介護保険報酬が抑えられて介
護事業所の経営が困難になり、介護職員の報酬の低さが生じ
た。それに加えて重労働でもあるので離職者が多い。そのよう
な状況なので、若者たちに介護職員への人気がなくなり、今年
度では定員割れの介護福祉士育成機関は8割に達し、その内の
半数が定員の5割を割っている。ある機関は1割である。した
がって、一部の介護福祉士育成機関が廃校になっている。
　その結果、介護職員の不足が問題になっている。
　リハビリ療法士の不足も問題になっている。
　その要因の1つに、国はリハビリ療法士の数が充足していな
い状況下で介護保険制度を発足させたことがある。しかし、最
近リハビリ療法士育成機関の数が著増しているので間もなく解
消されることは必定である。

## 高齢者の住まい

　国は最近介護保険制度下での在宅での枠組みの「介護付きの
高齢者の住まい」の充実を謳っている。
　介護保険制度には、原則長期の居住の利用ができる住まいの

「施設」と原則短期の居住の利用しかできない住まいや自宅での介護サービスを利用する「居宅＝在宅」があるが、国は最近'「看取り」は「居宅＝在宅」で'ということで、「施設」より「居宅＝在宅」の介護に重点を置くようになった。しかし、国の本意は、「施設」の内、公的な多額の費用がかかる介護老人福祉施設をつくるのを抑えようということにあるのではなかろうか。

　いずれにせよ在宅医療とのからみもあり、一筋縄では'こと'が運ばない。

　2005年10月より、食費と部屋代・水道光熱費のいわゆるホテルコストの全額が利用者負担となり、同時に、それ以後に開所する介護老人福祉施設、介護老人保健施設や短期入所介護施設はユニット型・個室型でなければならなくなった。したがって、2005年10月以前より営業している大部屋の形態の介護老人福祉施設や介護老人保健施設に入所をするほうがホテルコストが低いので、地方では新しい形態の介護老人福祉施設や介護老人保健施設への入所を希望するケースが少なく、さらに、新しい形態の介護老人福祉施設や介護老人保健施設より一般的にはホテルコストが余分にかかるグループホームや介護付き有料老人ホームなどの施設に入所を希望するケースはさらに少ない。

## ■ 医療と介護の関係

　現在、医療と介護間の連携が必ずしもうまく行っていない。その要因の一つに主治医の捉え方が立場で違うということにある。

　病気になった場合、通常はまずかかりつけ医に診てもらい、

かかりつけ医の専門外の病気はそれぞれの病気の専門医に診て
もらう。そのような場合、まずかかりつけ医に相談している
ケースがかつては多かったが、今は必ずしもそうではない。

　高齢者は一般に多種の病気がある。したがって、高齢者はそ
れぞれの病気に対してそれぞれの主治医がいる。その際、介護
保険の意見書を書く主治医は介護保険の対象疾患の主治医であ
るべきである。かかりつけ医がそうでない場合は、かかりつけ
医はそのことを知っていなくてはならない。しかし、かかりつ
け医は「蚊帳の外」であることが多い。その要因に、医療機関
間の連携が不十分であることや、介護支援専門員（ケアマネ
ジャー）と医療機関間の連携が不十分であることが多い。

# 病気はなぜ生ずるのか

　ホモ・サピエンスはおよそ20万年前に出現しました。（中略）
ホモ・サピエンスは、一度もとぎれずに今の人間まで続いてい
るのですが、そのことの意味は、現在の私たちのからだのすべ
ては、この過去に綿々と続いてきた進化の産物だ、ということ
です。ヒトは、ある日突然に、なんらかの完璧な設計図をもと
に作られた機械ではありません。（中略）

　病気というものは「あるべき設計図からずれた状態、あり得
べからずの状態なのではなく、進化の過程でこの体が作られて
きたいきさつに伴う、何らかの自然現象なのです。」

　　　　『ヒトはなぜ病気になるのか』（ウェッジ）　長谷川眞理子

　以上の見解は、人間の進化の観点から論じている。

# 文明と文化

　文明とは、技術・機械の発達、社会制度の整備などによって生活に物質的な快適さが生み出されていく状態。

　市民を意味するラテン語 civis に由来する英語 civilization の訳。

　特定の地域や年代に限定されない。

　文化とは、宗教・道徳・学問・芸術などの充実によって心に精神的な快適さが生み出されていく状態。

　耕作・栽培・培養を意味するラテン語 cultura に由来する英語 culture の訳。

　特定の地域や年代に限定される。


　人間の絶え間ない努力によって文明は発達し、快適な生活ができるようになった。一方で、物質文明の進化は、必ずしも人類にとって都合の良い事ばかりになっていない。とくに「病い」という人類にとって不可避な問題を、文明との関わりで考えるのは現代社会に生きる我々にとって必要な事である。

（中略）

　文明の影響を最も強く受けているものが、感染症、アレルギー、肥満、再生医療の４つである。

『病いに挑戦する先端医学』（ウェッジ）　谷口 克 編著


　文明は必ず死ぬが、人類の生存する限り、文化は死なない。

（中略）

　文明が単元的になろうとする傾向を強く持つのに対して、文化は本来多元的であり、復元的であることの上に成り立ってい

る。そうだとすると、私たちの未来も、一つの価値体系に集約的に一元化するのではなく、国内的にも、国際的にも、人々の多層的、複層的なアソシエーション（提携）構造を築くことによって、初めて肯定的に拓かれていくのではないか。

『文明の死／文化の再生』（岩波書店）　村上陽一郎

　文明と文化の捉え方には「物質文明と精神文化と対立したもの」と「文明は文化が発達した連続したもの」の二つがある。

## ■ 文化事業と文化力について

　東急文化村顧問・玉川大学客員教授の清水嘉弘氏は『文化を事業する』（丸善ライブラリー）で、［フランスに、'花がきれいなら、売れ行きもよい'という諺があるが、戦後、日本では高度成長の名のもとに、'花より団子'一辺倒できた。そして、元来、人間の生活行動には、日常性、即ち、消費と非日常性、即ち、遊びの二つに分かれ、これらのバランスをとって常に生活を楽しくしようという意識が強くなってきている。そして文化と企業の関係は経営戦略の一環であり、文化を事業するために重要なのは、ロマンを抱くことであり、ロマンを持続させるために、文化と商業の一体化をいつも考え続けることが第一歩である。］と記している。医療や福祉の事業でも、そのような視点からも展開する必要があると思われる。

　国際日本文化研究センター教授川勝平太氏は、『文化力　日本の底力』（ウェッジ）で、［経済立国が心を豊かにするとはかぎらないことは認識され、お金は文化の向上のために使うとい

う経済人がいて、メセナに力をいれている。」と記している。

　資生堂名誉会長福原義春氏は、「メセナを担う（日本経済新聞夕刊・2007年2月1日付）」で、［レコードにA面とB面があるように、人生にも仕事のA面と趣味などのB面があり、2つそろって人生が豊かになり、B面で得られた成果がA面に反映するような蓄積の仕方が大事で、文化というB面がビジネスというA面の燃料ともなり得、そして、社会に喜びを与えられない企業は淘汰されていく。そして、これからのメセナを引っ張るのが、ボランティア活動に意欲的な団塊の世代であり、100人いれば、100通りのメセナがあり、自分のサイズに合ったメセナを永続的にやれば良い。］と記している。

　戦後、高度経済力を目標に走って来た日本は、そのことで文化力もあると思っている多くの日本人がいる。

　しかし、高度経済力を目標に走って来た結果、現在都市は乱開発され、自然が破壊され、今、環境汚染が社会的問題になっている。また、アレルギーや、心の病気が増加している。

　その結果、現在改めて「日本の文化力」が問われている。


# ▌人間の心理

　少し前に関西テレビの健康番組の不正が暴かれた。

　しかし、当該の番組だけではなく、他の局の健康番組も多かれ少なかれ正しくないものがある。

　テレビ局側からすると視聴率をアップさせるためにおこなっているということになる。

　三好基晴氏の『ウソが9割　健康ＴＶ』（リヨン社）は、［健

康情報が正しければよいのですが、残念ながら結論としてはほとんど科学的、医学的にみて間違いです。これらには「健康トリック」があるのです。テレビの健康情報番組は「健康トリック番組」と言えます。（中略）ただし、これらの番組の内容がすべて間違っているというのではありません。（中略）最後の結論になって容易に「血液サラサラ」とか「血圧が下がる」とか言っているところに「健康トリック」があるのです。］と記している。

マスコミが納豆に効用があると報道すると、納豆が品切れになって店頭から消えた。しかし、その報道が間違っているということが分かると、在庫が山となった。このような現象は、如何にマスコミの影響力が強いかということではあるが、一般の視聴者が報道を如何に盲目的に信じやすいかということでもある。

樺旦純氏の『怖いくらい人を動かせる心理トリック』（三笠書房）は、［思いこみ、誤解、勘違い―人間の心理は、だまされやすくできている。ということは同時に、自分の都合のいい方向に相手をだますことも可能である。

（中略）

人間は好奇心の強い動物であるといわれているが、ただその理由だけではなく、それを知らないとはずかしいとか、仲間はずれになるのではないか、笑いものの対象になるのではないかと恐れるあまり、他の人と同じ行動をとろうとするのである。］と記している。

このように、人間は群集心理を持ち、同調行動をとるということが、'人間は群れの動物である'ことを実証している。

そして、人間の心には'**だまされやすさ***'が潜んでいるとい

うことでもある。

　医者が患者を診察する場合、このあたりの状況を把握していないと、とんでもないことになる可能性がある。

　例えば、インフルエンザの患者や保護者がインフルエンザ治療薬のタミフル（リン酸オセルタミブル）の副作用の問題でマスコミなどに踊らされているとしか思えない現状を医者は客観的に対応すべきである。

　以上のことは、医学・医療にかかわることのみではない。

［他人に「操られない」ための心構えとは？
　　すべての人に「いい人」と思われようとしない
　　　　ときには自分の持論や主張を変える勇気も必要
　　　　他者と違う行動をすることを恐れない
　　感情をあおられている状況で物事を判断しない
　　少しでも不明点があれば納得がいくまで説明してもらう
　　他人からもらう「不自然で大きな利益」は信用しない
　　情報収集力と分析力を身につける
　　絶えず「批判の目」で物事を見ることを忘れない
　　急なしぐさの変化は「嘘」をついているサイン

　よりよい人間関係を築くことや円滑なコミュニケーションを図るためには、相手に興味を持ち、相手を理解して、相手に想いを伝えることにどれだけ真摯に向き合えるかが重要。］
　『黒すぎる心理術』（マルコ社）　山岡真司、巧英一、山岡重行

## ＊だまされやすさ

### 人は、なぜだまされるのか

人間は、部分から全体を推定し、時系列的に起こった関連事項を結合して、一連の事象を「因果の関係」においてとらえる脳の働きをもつ。いや、動物においてもそのような脳の働きは、それぞれの発展段階において存在するが、人間において特に発達しているというべきだろう。

（中略）

時間を追って順番に起こった事象については、本当はそれぞれの事象が独立のものでも、人間の脳は、それらを'一連の事象'として関連づけて理解してしまう。

### 「思い込み」と「思い入れ」

「思い込み」は時に大変危険な役割も果たし得る。

危険な「思い込み」に陥（おちい）らないためには、物事を多面的に見ることが大事だ。あるいは、自分の見方・考え方を相対化するということでもある。神ならぬ身であれば、誰だって、ものの見方は一面的になる危険がある。自分の問題意識で対象を切りとり、事の本質をつい見落としてしまう危険性は、いつでも、どこでも、誰にでもついて廻る。だから、せいぜい他者の意見にも耳を傾けるべきだし、一見もっともらしい見解などには、かえってよくよく注意する必要がある。話ができすぎているような場合には、やっぱり「待てよ」といったん立ち止まるだけの心の余裕が欲しい。

「思い入れ」は、何かを創造しようとするような場合、必要不可欠だ。

この'とぎすまされた問題意識'があってこそ、何かを生み出さずにはおかない強烈な意志が貫徹されるのであって、何に取り組むにしても、心の内側からふつふつと湧いてくる熱いマグマがなければ、成功はおぼつかないであろう。

### 肩書信仰の怖さ

科学者や教育者は、総じて準拠（よりどころの意）されやすい。

科学者や教育者は、ただ科学者や教育者だというだけで準拠の対象とされやすい。科学者や教育者の中にもいろいろな人がおり、特定の問題に対する見解も多様なはずだが、科学界・教育界にいろいろな問題があっても、まだ広範な人々に信頼されているという面があるのだろう。

弁護士や医師もそのような面をもつが、医師による詐欺事件や殺人事件も報じられている折から、ただ、「医者である」というだけではダメで、自分が信頼し得る医師かどうかの判断がかかわってくる。事ここに至ると、自分の見解が問われている本来の問題が脇に置かれ、自分が判断を準拠すべき人間が信頼できる人物かどうかという別の問題にすり替わってしまう。「あの人が言っているのだから間違いない」というわけだ。（中略）

要は、できるだけ判断は他人まかせにせず、主体性を失わないことだろう。

『人はなぜ騙されるのか』（朝日新聞社）　安斎育郎

「だます」という行為には「目的」と「手段」があります。

「だまし」の目的は、大きく分けて、「自分の不都合や弱点を覆い隠すためのだまし」（防衛的だまし）と「相手から金品や財物を奪い取るためのだまし」（攻撃的だまし）があります。

（中略）

人間界の「だまし」の特徴は、「言葉」を通じただましがひじょうに多いことです。

だましの道への落とし穴
①「思い込み」の危機 ─「自分はだまされない」はすでに思い込み
②「欲得」─人々に欲望がある限り、詐欺師は安泰？
　「思い込み」と「欲得」に歯止めをかける方法
　「そんなことができるのなら、どうしてこうしないのか」という
　思考法
　何かに心が動いたとき、もう一度「待てよ」と考え、「そんなこと

ほんとうなら・・・」と思考実験を試みる一心のゆとりをもつことが大切でしょう。

『だます心　だまされる心』（岩波書店）　安斎育郎

だまされない心
６つの原理
　１　返報性の原理
　相手が何かをしてくれたら、返さなくてはならないという気持ち
　２　一貫性の原理
　ひとたび決定を下すとそれを守ろうとする心理が働く
　３　社会的証明の原理
　多くの人がやっていることに引きずられがちになる
　４　好意の原理
　好意を持ってしまうと、その人の言うことをうのみにしやすい
　５　権威の原理
　権威のある人に従ってしまう傾向
　６　希少性の原理
　一つだけの物を買ってしまう
この中で影響力を強めているのは、社会的証明の原理
「選ぶ行為」と「影響力の武器」を切り放すことが必要
「『大勢』に惑わされず」（日本経済新聞夕刊・2007年10月11日付）

R・チャルディーニ

人をだます計略
●目隠しの計　　　　　笑裏蔵刀
　悪巧みを隠して口では良いことを言い、親切に友好的に振る舞う
　計略
●でっちあげの計　　　樹上 開花
　悪い状況を包み隠して、良い状況のように見せつける計略
　『兵法三十六計』（ダイヤモンド社）　ハロー・フォン・センゲル（石原薫訳）

# 仕事と休日

　以前より‘日本人は働き過ぎである’と言われていた。

　そして、日本は「休日大国」になった。

　その結果、医療や福祉の事業所では、事業を運営して行く上で支障が生じている。さらに、生産業界なども周辺のアジアの国の経済力に脅かされている。

　実際、今のように休日が多くては、仕事がスムーズにできないばかりではなく、同じ仕事に関わるスタッフも余分に要る。


　労働者がサービス残業をさせられ、なかには過労死するほど働いても、経営者はもっと働くべきだと考えている。

「日経ビジネス　2003年1月27日号」の「もっと働け日本人」という特集に登場する日本電産の永守重信社長は、‘午前6時50分に社内の誰よりも早く出社し、1日16時間働き、土日も全く休まない男’である。この特集記事によれば、永守社長は次のように語っている。

　‘「日本人は働きすぎだ」なんていうのは、もう昔話だ。最近は欧米のビジネスマンの方がずっと勤勉ではないかと感じる。それが一番よく分かるのは、国際線の機内だ。日本人は、飲まなければ損だとばかりに、酒を頼んで、そのうち酔っぱらって寝てしまう。片や欧米のビジネスマンは、搭乗時間の直前まで携帯電話で仕事の打ち合わせをし、機内ではノートパソコンを開いて作業を始める。あるいは、仕事の書類を読みふけっている’

（中略）

　なお、この「日経ビジネス　2003年1月27日号」には「社員

の病は会社の病」という第2の特集もあり、そのリードにはこう書かれている。

　現代のビジネスマンの心身は間違いなく痛んでいる。こうした状態を招く一因でもあるストレスや長時間労働が度を越せば、過労死や自殺といった悲劇に至るのは避けられない。いまや各企業にとって、社員の心身の健康維持・増進は、経営上の重要課題になってきた。（中略）そして、「まっとうな働き方ができる社会を作っていくために、いま何が必要なのか」

　　　　　　　　　　『働きすぎの時代』（岩波書店）　森岡孝二

　何を求め、誰のために働くのか？こんな問いかけに迷わず即答できるだろうか。普通に働いていればそこそこの収入や地位が保証された経済は終わり、成果主義や競争社会が働く人の価値観を揺さぶる。先行きが不透明な時代だからこそ、人生を満足のいくものにするために、一人ひとりが働き方や生き方を選び取る必要がある。組織、家族、プライド、充足感、カネ・・・・・・。それらは決して二者択一ではなく、様々な解の組み合わせがある複雑な方程式だ。自分にとって何が一番大切なのか。「二つの価値」の間で答えを追い求める。

　　　　　『働くということ』（日本経済新聞社）　日本経済新聞社＝編

　人間、給料ばかりで働くと思ったら大間違いですね。やはり、意気に感じるというところがある。たとえていうなら、うちの運動会でボクは赤組に入って綱引きをやった。ボクからすれば、赤が勝とうが白が勝とうが関係ないんですよ。どうせうちの人間同士でやってんだから。ところが、赤の帽子をかぶった

だけでね、一生懸命引っぱるでしょう。次の日、腰が痛くてね。あしたの朝まで腰が痛いなんていう仕事したことないですよ、カネじゃね。だから私は給料で働いていると思っている人は気の毒だな。人間、気のもんだといいたい。そういうものが積もり積もって、いろんな問題を解決していくんじゃないかな。

　　　　『やりたいことをやれ』（ＰＨＰ研究所）本田宗一郎
　自分が渦の中心になり、積極的に周囲を巻き込んでいってこそ、仕事の醍醐味を存分に味わい尽くすことができるのです。

　　　　　　　　　『働き方』（三笠書房）　稲盛和夫
　ありのままの自分そのものを磨き、親からもらったＤＮＡに灯をともすこと。志を立て、その実現に向かって努力すること。
　『汗出せ、知恵出せ、もっと働け！』（文藝春秋）　丹羽宇一郎


　最近、ワーキングプアとよく言われる。正社員並みにフルタイムで働いても（またはその意思があっても）生活保護の支給額にも満たない収入しか得られない就業者のことである。バブル経済崩壊以降の消費の減少、デフレの進行という状況において、企業がおこなったコスト削減が要因と指摘されている。

　その結果、現在の日本は格差社会になったと言われている。

　しかし、私は‘果たしてそうであろうか？　適当に働けばよいという考えで働く若者が多いので、結果として、特別秀でた能力を持っていない若者の報酬が少なくなるのは当然であろう。また、中高年も適当に働けばよいという考えで働いていた結果、これまでの職場での職を失い、新たな職場で働いても依然低収入なのである’と思っていた。

　しかし、『ワーキングプア』（ポプラ社）　ＮＨＫスペシャル

『ワーキングプア』取材班＝編によると、［若者たちは「働かない」のではない。実際は「働きたくとも、働く場がない」のだ。そのためにこの時点で手を打たなければいけないが、なかなか難しい課題である。］ということである。

　いずれにせよ、今、皆が「働く」意味と「休日」の意味を改めて考えねばならぬ。

# ▌経　営

「論語とソロバンは、はなはだ遠くて近いもの」

　道徳を扱った書物と商才とは何の関係もないようであるけれども、商才というものも、もともと道徳を根底としている。商才と道徳とが離れられないものだとすれば、論語によって商才も養えるわけである。　　『論語と算盤』（筑摩書房）　渋沢栄一

　アメーバ経営では、会社の組織を（原生物である）アメーバと呼ばれる小集団に分け、社内からリーダーを選び、その経営を任せることで経営者意識を持つリーダー、つまり共同経営者を多数育成する。そして各アメーバのリーダーが中心となって計画を立て、全員の知恵と努力により目標を達成していく。そうすることで、現場の社員ひとりひとりが主役となり自主的に経営に参加する「全員参加経営」を実現する。また、アメーバごとに経営の内容が正確に把握できる独創的で精緻な部門別採算管理の仕組みを構築する。同時に、部門別の経営の実態が誰にでも分かるようにする。さらに、そのルールのひとつひとつが企業哲学とつながるようにする。

　　　　　　　　『アメーバ経営』（日本経済出版社）　稲盛和夫

「医は仁術（博愛の心で施すこと）であって、算術ではない」といわれる。

　しかし仁術を提供することのみでは経営は成立しない。

　如何に経営が健全になされるかの知恵を出すことが必要である。

　そのために‘如何に繰り返して利用してもらえるか’という工夫をしなければならない。すなわち**リピーター**\*の獲得である。それには**サービス**\*の充実が背景にある。

　なお、職場への愛着がなくては仕事に打ち込むことはできない。介護事業でも同じである。


　最近、患者を「**患者様**\*」と呼ぶ医療機関が増えている。

　ある日突然、「患者様」といわれた患者側にすれば、医療関係者と患者との関係が何ら改善されることなく、いきなり呼び方を変えられたとしても、その医療機関で、患者中心の医療がおこなわれるようになったという認識を持つことは多分ないはずである。むしろ胡散臭い言葉の魔術で、さも親切な扱いをしていると見せながら、従来と全く変わらない不親切さを提供しているというのが認識のはずである。安上がりに「患者様」という言葉だけで医療機関のサービスが向上するわけではない。また、病院の管理者も、「患者様」を振り回すことで、自分の管理する病院のサービスが向上したと考えていたとすれば、大いなる誤りである。

　いずれにせよ、医療機関の患者への今までのサービス精神の不足の改善のつもりなのであろうが、患者をただ「患者様」と呼ぶことが患者にサービスをしているということにはならぬことを肝に銘じなければいけない。

なお、以前より病院の受付で患者が自分の‘ある’症状のときに何科に行けばよいか分からないようなときの相談に乗る役目の人、例えばベテランの看護師が受付窓口にいたが、最近は「医療コンシェルジュ」がいる病院が増えてきた。

　「医療現場にも『コンシェルジュ』患者の代理人としてサポート（中日新聞・2007年6月8日付）」の中で遠藤健司氏は、[「コンシェルジュ」という言葉をよく聞くようになった。もともとは「門番」を意味するフランス語で、ホテル業界ではおなじみの言葉。顧客のさまざまな要望にこたえる高度な知識や技能を持った専門職のことを指すが、医療の現場でも登場し始めていて、待ち時間の短縮や、患者の不安を和らげるなどの効果も表れている。]と語る。すなわち、医療の現場における患者の病院での受診に関しての助っ人である。

　このような組織づくりをすることが、医療機関でのサービスの1例と思う。

　経営に関して、その他いろいろな見地からのコメントがある。それらの一部を取り上げる。

・ほんとうの競争とは、企業のオリジナリティを売ることである。その会社ならではの技術、そしてサービスを売る。むろん安くできれば、それにこしたことはない。要は商品価値そのもので勝負すればいい。
・われわれはあらゆることに当面するとき、一つとして“研究と創造”にあらざるものはないと思う。同じものばかり造っていると、商売も全然維持ができないということだ。

- 発明・発見、創意工夫の世界は、宏大無辺。その大きな未開の秘庫は、早くトビラを開けてくれと、中からいつもわれわれに呼びかけている。しかもそのトビラを開く鍵は、いつも、どこにも、誰の足下にもころがっておる。
- 辛抱の持続には、いつの場合にも綽々たる余裕を持った「マイ・ペース」が必要である。ムリもいけない。ムダもいけない。

　　　　　　　　　　『トヨタ語録』（ワック）　石田退三

- 現場でムダをとる。その場でムダをとる。すぐにムダをとる。
- ムダとりは、向上心である。自分が毎日向上しようと思っていないとムダが見えない。
- ムダの発見も癖になるまでやらないと、本当の結果はわからない。
- ムダとりは、明日やることを考えるのではなく、今日やることを考える。
- 1日の仕事をするのに、8時間を4時間でやろうと思えば、ムダとりは可能である。しかし、何をすれば4時間でできるか、気づかないとできない。
- 自分が今している仕事は「ムダなのではないだろうか？」と疑ってみる勇気がなければならない。
- 一生懸命仕事をやっていると思っている人には、ムダが見えない。「俺の仕事はちょっとおかしいのと違うか？」と思ってみるところから、ムダが見えるようになる。
- ムダな作業について、ただいたずらに時を過ごすなど許されないことだろう。

- ムダは見る人のレベルにより、見えたり、見えなかったりする。改善を通じて見方を変えることにより、新しいムダが見えてくる。

『ムダとり』(幻冬舎)　山田日登志

### ・商人甘虚ニシテ不善ヲ為ス

(商人はひたすらに事の善悪をわきまえなくてはいけない。たしかに儲かりそうだが人道に外れていたなら手をつけないようにするのが善き商人の歩みというのが原則なのだ。「小人閑居ニシテ不善ヲ為ス」を語呂遊び好きの大阪人がなぞった)

### ・運と不運

(運は運ぶこと。つまり、自らを運ぶ努力をしていないことには終生やってこない。運ぶエネルギーを見せないかぎり運に巡りあわない)

### ・商人の原則

(商売に油断なく、弁舌手だれ、知恵才覚、算用たけて、わる銀をつかまず―算用、才覚、始末、忍耐、勤勉)

### ・商人の先取り

(商人が成功するかどうかは、すべてカン―将来を見すえる能力―で定まる)

### ・商人の知恵

(知識ではなくて知恵)

### ・商人は賢者なり

(利益の追求に夢中になって、人間の正しい本性を失ってしまってはいけない)

- **商人の墓穴**

（着実に生きる商人は、浮わついた時代に身を寄せようとは一切しない。小商人は、浮かればやしに載せられて墓穴を掘る）

- **身すぎ（暮らしのこと）の知恵**

（長者になる人の頭は眠ることがない）

- **カネとゼニ**

（貯めるのがカネ、使うのがゼニ。これを使い分けていくのが商人道）

『現代版　商人道』（にっかん書房）　藤本義一

経営とは、

秘術でなくてはならない。

経営とは命懸けの戦いである。従って、経営者は全智全能を振り絞り、秘術を尽して競争に勝ち抜いていく必要がある。

武術でなくてはならない。

経営者が競争を勝ち抜いていくには、リアリティを見る眼と相手と切り結んで勝を得る力量が求められる。

芸術でなくてはならない。

経営者は五感を磨ぎすまし変化の予兆をいち早く察知しリスクのありかやその軽重を判断することが求められる。

幻術でなければならない。

理屈ばかり言っている経営者に未来はない。

仁術でなければならない。
　人を愛し、人に愛されること、それが仁であるのであれば、経営者はその気持ちがなくてはならない。
　　　　　『古典に学ぶ　経営術三十六計』（ウェッジ）　舩橋春雄

　朝日新聞（1999年1月10日付）は社説「やわらかな社会をつくる」で、東京大学大学院新領域創成科学研究科教授松井孝典氏の「人間と地球の現状を正しく認識することが大事だ」という考え方、すなわち、「レンタルの思想」（「所有とレンタルの違いは、そのものに価値を求めるか、機能に価値を求めるか」ということで、「このへんで全てはレンタルという思想の下に、社会システムを考えてみたらどうか」）を紹介している。このことは、経営を考える場合にも大切な観点である。

　事業承継の問題、すなわち後継者問題も経営をしていくうえで大きなテーマである。

「社長を幸せに辞めることは、会社を再建させるより難しい」とは、よくいわれる言葉である。多くの社長が辞めるにさいして願うのは、次のことである。
　―自分が育ててきた会社がさらに成長する
　―息子が後継者としてふさわしい人材に育つ
　―身内に後継者がいなくても安心できる
　―親族間、株主間の争いが起こらない

──退任後、生活にも生きがいにも困らない

このような願いを実現させるための選択肢の環境と手順が、以前に比べてかなり広がってきている。だから、知恵も戦略も必要になってきた。

その選択肢には、次にあげる三つがある。

①後継者への事業の承継

②M（Mergers／合併）＆A（Acquisitions／取得）

　会社の合併・買収

③幸せな廃業

事業承継の話をするとき、多くの場合、最初に出るのが、「後継者はどうするか」である。

　　しかし、これは考える順序が逆である。

　　　　　　　　　　　（中略）

最初に考えなければならないのは、「自分の会社は存続可能かどうか？」である。ここを十分に認識してから、次にどう動くかを考えてもらいたい。

『社長の幸せな辞め方』（かんき出版）　アタックスグループ編著


「企業承継の時は、その企業の歴史において、もっとも弱点が表面化する時である。先代が光り輝いた黄金期を、次の繁栄のバトンを受けた社長がバトンを落とさず同じように黄金期を引き続けうるか、この接木の責任は、渡される側ではなくて渡す方にある。」

　　　　　『会社を上手に任せる法』（日本経営合理化協会出版局）

　　　　　　　　　　　　　　　　　　　　　　　井上和弘

## 経営に関係する「ことわざ」

- 商い3年
- 商いは牛の涎
- 三方よし　売り手よし。
  買い手よし。世間よし。
  肝心なのは、世間よし。
- 商売は草の種
- 商売は道によりて賢し
- 商売は元値にあり
- 諦めは心の養生
- 商人と屏風は曲がらねば世に
  立たず
- 上り坂あれば下り坂あり
- あちら立てればこちらが立たぬ
- 転ばぬ先の杖
- 大事は小事より起こる
- 大事は油断がもと
- 一寸先は闇
- 上り坂より下り坂
- 過ちは好む所にあり
- 過って改むるに憚ることなかれ

- 過って改めざる是を過ちと
  いう
- 意見と餅はつくほど練れる
- 一銭を笑う者は一銭に泣く
- 入るを量りて出づるを為す
- 運根鈍
- 隗より始めよ
- 窮すれば通ず
- 今日なし得ることを明日に
  延ばすな
- 今日の一針、明日の十針
- 木を見て森を見ず
- 事が延びれば尾鰭が付く
- 常が大事
- なせば成る
- 働けば回る
- 火で火は消えぬ
- 二番目の考えが最善である
- 初心忘るべからず
- 片手で錐は揉めぬ

## ＊リピーター

ディズニーランドは、いまだ根強い人気があり、リピーターも多い。ディズニーには、理念・テーマを実現するための具体的な指針であるキーワードが

| 1 | S（SAFETY） | 安全性 |
| 2 | C（COURTESY） | 礼儀正しさ |
| 3 | S（SHOW） | ショー |
| 4 | E（EFFICIENCY） | 効率 |

の４つがある。

『ディズニーランドはなぜお客様の心をつかんで離さないのか』

（中経出版）　芳中 晃

## ＊サービス

サービスとは、中日新聞（2007年６月８日付）'中日春秋' によれば、［直訳すれば「奉仕」で、商売で言えば値引きをしたりすることだ。独特の語訳で知られる新明解国語辞典（三省堂）は「サービス」についてこうも記している。得意客や来客が満足するような、「心のこもった応対をすること」。辞典の名の通り明解な説明だ。］

また、サービスとは 'ホスピタリティ' でもある。

サービス業の代表としてホテル業界があり、ホテルの代表格であるザ・リッツ・カールトンのリッツ・カールトンは、『サービスを超える瞬間（かんき出版）』で［ホスピタリティとは、心からのおもてなしをするということです。心というと抽象的でイメージが沸きにくいので、もう少しわかりやすく、ホスピタリティとは、お客様に愛情を示すことである、と言い換えてみます。］と記している。

サービス業者はゲストそれぞれのことを思って、喜んでいただくための対応があってしかるべきであり、そのためには、ゲストの個性を重んじ、サービス業者の個性で尽くすことということであり、サービス業者は人間が人間の精神を豊かにして差し上げられる仕事に就いているという誇りを持つべきである。

『サービス哲学』（インデックス・コミュニケーションズ）　窪山哲雄

## ＊患者様

「患者」という言葉は、医師の側から見れば、自分の手によって病気やけがの治療を受ける人の意である。受診する側からしても同様に、病気やけがの治療を受ける人なのである。つまり「患者」という呼称は、人が人として正常ではない状態におかれていることを意味しており、最近、医療関係者がとってつけたように「患者様」なる呼称を多用し始めたが、正常人とは異なる病人だということの念押しをしているだけで、患者の立場に敬意を表していることにはならない。この点に関して、2001年11月厚生労働省の医療サービス向上委員会が、「国立病院等における医療サービスの質の向上に関する指針」を打ち出し、患者に対する言葉遣いや応対の仕方を改めるため、当時の国立病院に患者の呼称の際原則として姓（名）に「様」を付けることを求めたとされている。つまり、患者の個人名を呼ぶときに「〇〇さん」ではなく、「〇〇様」と呼ぶことを求めたものであって、「患者」という普通名詞に様を付けることを求めたのではないとしている。

「日本語の現場―職場で30～患者に『様』付け "行政指導"」

（読売新聞・2004年5月19日付）

日本語学者である金田一春彦氏は、『日本語を反省してみませんか』（角川書店）で

「『患者』という言葉自体がすでに悪い印象を与えるため、いくら『様』をつけてもらってもうれしくない。『病人様』『怪我人様』『老人様』など、いくら頑張っても敬うことにならないのである。『ご来院の方』『外来の方』などというように変えた方がいいと思われる。」と記している。

# ゲノム

ゲノム（Genome）とは、ジーン（gene 遺伝子）＋オーム（ome 総体）のことで、ある生物の持つ全ての遺伝情報である。

ほとんどの生物にとって、地球は生息環境の「すべて」である。幾何学的にも地球は閉じており、その表面すべてを尽くすことができる。ある生物にとって、地球の全表面に対応するのはゲノムかも知れない。有限な地球に住んでいる我々現代人にとって、地球全体を考えることがますます重要になってきているが、生物学でも、ゲノムという遺伝情報のすべてを対象とした研究が勃興している。このゲノムという「すべて」を対象とする研究が今、生物学のみならず、社会にも影響を及ぼしつつある。

『ゲノムはここまで解明された』（ウェッジ）　斎藤成也編著

いま、20世紀をあらためて振り返ってみると、20世紀は、生物の応用分野である医学と薬学の飛躍的に発展した1世紀だと言える。

では、21世紀はどのような時代になるのだろうか。

とくに生物学においては、これまで個別に行われてきた生物の挙動、姿・形、性質などのアナログの研究と、ゲノムの情報というデジタル世界の研究が、融合していくと考えられる。

つまり、ゲノムの情報に基づいて生物の挙動、姿・形、性質を生み出す一般的な原理の探索、発見が行われるようになるだろう。また、100年以上も歴史がある生物の「アナログ世界」と、

「デジタル世界」をつなぐという新しい研究分野が開かれていくであろう。ゲノムの解析は、生物科学ばかりではなく、情報科学、物理・化学、各種の工学などの多くの学問分野をまき込み、医学・薬学などの応用分野も様変わりする可能性を秘めている。大げさな話ではない。21世紀最大の科学の流れのキーワードが「ゲノム」であり、「ヒトゲノム」なのだ。今後の「ゲノムサイエンス」の展開に大いに注目したい。

『遺伝子情報は人類に何を問うか』（ウェッジ）　柳川弘志

遺伝子科学の研究の焦点は、ゲノム解読からタンパク質工学やバイオ情報工学に移っている。これらの研究が深められれば、遺伝子診断の高度化、オーダーメイド医療の実現、人体のあらゆる器官の誘導培養を可能にするだけにとどまらない。それは生命倫理を大きく揺さぶりながら、人類の進化の謎を解き明かし、不老長寿につながる研究に至るまで、照射し、解明していくだろう。

『ゲノム解読がもたらす未来』（洋泉社）　金子隆一

岡田正彦氏は『暴走する遺伝子』（平凡社）で［人間の遺伝子は、大部分が共通です。だからこそ同じような感情を持ち、同じものを食べ、同じ言葉を使っているのです。だからこそ、同じ法律の下で、同じ道徳観を持ち、同じ行動をしながら生きていけるのです。ただし、その0.1パーセントは人により異なっています。病気になるかどうかも、個人差の一部です。もし、個人ごとに遺伝子の違いを正確に判定できるようになれば、薬の処方なども自分だけのスペシャル・メニューになる、というの

がオーダーメイド医療あるいはテーラーメイド医療の考え方です。しかし、たとえば、特別な遺伝子の異常で血圧の高くなった人が、ある薬を飲んだらよく効いたとします。でもたった一人の経験だけで、同じ遺伝子を持つ他の人が、同じ薬を飲んで効くかどうか判断できません。単に偶然効いただけかもしれませんし、たまたま副作用が出なかっただけかもしれません。なぜなら、病気は遺伝子の異常だけで起こるものではないからです。食糧の摂り過ぎや肥満でも血圧は高くなります。ストレスがたまっても血管が緊張し、血圧は上がります。タバコを一服ふかした時もそうですし、急に熱いお風呂に入った時なども同じことです。つまり、生活習慣や環境の違いが病気に大いに関係していて、遺伝子だけで決まるものではないということです。

　また、誤った遺伝子操作で考えられる究極の恐怖は、地球上の生命の絶滅です。遺伝子操作に関しては若干の規制があるものの、ほとんど野放しです。いつの世も研究に対して規制があってはなりませんが、人類を破滅させる危険性のあるものまで自由というわけにはいきません。遺伝子を守るのは、現代に生きるわれわれ全員の責任です。］と記している。

　以上、病気を起こすゲノムが次々と解明され、病気はゲノムによって支配されることが判明しても、生活習慣や環境汚染の改善、さらには遺伝子治療を含む医療によって病気に立ち向かうことができるが、誤った遺伝子操作で地球上の生命の絶滅を引き起こす究極の恐怖があるということである。

　ヒトゲノムの解読宣言から５年経過した今、幸田真音著の

「貴方はいつ死にます」と告知する商売による人間模様を描いた『あなたの余命教えます』（講談社）の小説が登場しても不思議ではない。

〔栴檀は双葉より芳し〕
　ここで言う栴檀はよく知られる栴檀のことではなく白檀のことで、材は良く、細工物、仏像、美術品などに使われる。材の色が白いので「白檀」の名前になった。香りもあり「檀香」と呼ばれ、線香の香りつけにも使われる。栴檀は発芽したころから芳香を放つことから、この諺は、優れた人物は幼いときから他と違って優れていることを意味する。
　一方、
〔鳶が鷹を産む〕
〔氏より育ち〕
〔神童も大人になればただの人〕
　要は、
〔玉磨かざれば光なし〕
　と言っても、きょうだいや双生児で共に一般の者より優れてはいるが、両者の一方が他方より、より優れているという例をスポーツ界などで見かける。
　このような場合、ゲノムや環境、さらには努力をするという条件は両者ほぼ同じなのに両者に差が生じてしまう理由は、運の違いとしか言いようがない。
　運という理屈では説明できないものが確かに存在しているが、それでは運はどこに存在しているのであろうか？
〔運は天にあり〕

## 縁と運

　縁と運のそれぞれの意味するところは、日本国語大辞典（小学館）によれば、
　［縁　結果を引き起こす因のこと。めぐり合わせや結びつき。
　　運　幸、不幸などをもたらし、状況を動かしていく、人の力ではどうすることもできない作用。］
とある。

　縁と運についての解釈の、あるエピソードを以下に記す。

　息子の結婚の報告を亡き父母に報告する目的で、我が家の宗派西山浄土宗の総本山長岡京市の粟生の光明寺（こうみょうじ）に私たち夫婦と息子たち夫婦の家族４名でお参りに行った折に第84世岩田文有（ぶんゆう）管長とお会いし、直接お話しいただく機会を得た。
　そのとき、私は結婚披露宴で来賓に挨拶したように、管長に

西山浄土宗総本山光明寺

＊覚王山日泰寺は名古屋市千種区にタイ王国から寄贈された仏舎利（釈迦の遺骨）を安置するために創建された。「覚王」とは、釈迦の別名であり、「日泰」とは、日本とタイ王国を表している。
　そして、どの宗派にも属していない超宗派の寺院であり、各宗派（現在19宗派が参加）の管長が3年交代で住職を務める。

「この度、息子好一郎は案規子さんと縁あって結婚いたしました」と挨拶をした。

一方、管長は「この度、覚王山日泰寺*の住職に運あって選任されました」と話された。

そして、縁と運について、以下のごとく話された。

「机にいろいろな品を乗せて、ある一つの品を選ぶ場合、
　　眼を開けて選ぶことが縁。眼を閉じて選ぶことが運。」

つまり、縁とは自主性がある選択で、運とは自主性がない選択と。

さて、縁について記された文章がある。

随縁

かつて大平（オオヒラ）の窯跡を探り、帰りがけに織部を拾った。あのことがなければ、今日の発見*はない。道具屋の横山五郎さんが

西山浄土宗総本山光明寺　第84世岩田文有管長と

*当時の定説は、桃山時代の志野や織部は「瀬戸で焼かれていた」ということであったが、「美濃で焼かれていた」という発見。

志野の香炉を借りてきてくれたが、あの時ついでに茶碗を借りてこなかったら、高台内の輪の跡に、輪に使った赤い土に気づかなかっただろうし、また今日の発見もない。大平であきらめて帰ったなら、またまた今日の発見はない。縁の不思議を深々と思わざるを得ない。人間こうありたい、ああありたいといろいろ考えて努力するが、縁の無いものは、いくら努力しても結局成就しない。

『縁に随う』（日本経済新聞社）　荒川豊藏

# 生と死

　金子兜太氏は、「生と死」について「日本経済新聞夕刊（2008年2月21日）」の「命と向き合う」で、[生も死も流れなんです。生まれてくるのは偶然で、何の理由もない。死もまた偶然だ。生きるも死ぬも区切りじゃない。]と記している。
　「死」について、「自殺」や「安楽死・尊厳死」など、未だ十分に議論が尽くされてはいない。

## 〈自　殺〉

　WHO（World Health Organization／世界保健機関）によると世界では毎年80万人が自殺している。結果、自殺は各国での死因の10位以内を占めている。
　WHOは適切な防止策を打てば防止できるとして世界自殺予防戦略を実施している。日本でも支援情報検索サイト、いきる・ささえる相談窓口などが設けられている。

自殺の背景には様々な事情が複雑に絡み合っている。

扱われ方も時代、地域、宗教などによって異なっている。

「自殺は人間の特徴である。」（セネカ）

「自殺は人間の認識が死によってどのような変容をこうむるかという問いの解答を得るための一種の実験である。」（ショーペンハウエル）

自殺は現在一般的には否定的に捉えられている。

「人間の生は神々が人間に配慮しているから意味を持っているので、自殺は禁止されねばならぬ。」（プラトン）

「自殺は自己殺害という犯罪である。」（カント）

アルベール・カミュは『シジフォスの神話』（新潮社／矢内原伊作訳）の冒頭で、大略［真に重大な哲学上の問題は自殺しかなく、人生が生きるに値するか否か判断することが哲学の根本問題に答えることになり、人生が生きるに値するという判断をするなら生きねばならず、自殺に価値はない。］と記している。

一方肯定的な捉え方もある。

哲学者の須原一秀氏は、遺稿の『新葉隠』に［平常心で決行される自殺はあり得る。それを証明することが哲学者の仕事であるとの思いで自殺を決行する。］と記し、65歳で自殺を決行した。

『新葉隠』の元の『葉隠』は江戸時代中期の書物で武士の心得が記されている。「武士道と云うは死ぬことと見つけたり」の一句は有名である。

評論家の浅羽通明氏は遺族の了解のもとに『新葉陰』に解説を加えて『自死という生き方』（双葉社）を出版している。

## 〈安楽死・尊厳死〉

　傷病の回復の見込みがない場合、本人の了解に基づいて
安楽死　薬物を投与したりして安楽に死を迎えさせる。
尊厳死　人工的な延命措置を中止させたりして尊厳を持って死
　　　　を迎えさせる。
　とされる。

　保坂正康氏は、『安楽死と尊厳死』（講談社）で大略 ［安楽死
といい、尊厳死というが、確たる定義はない。
　安楽死といい、尊厳死といっても、結局は自分の死をどう考
えるか、死をどのように受容するかということになると思う
が、この点で日本人は自立できない面をもっている。安楽死、
尊厳死の本質は「死の方法」にあるのではなく、死のプロセス
の中に凝縮されている患者の姿勢ではないか。そのプロセスこ
そ問われていると考えると、安楽死や尊厳死を狭い枠内に押し
込めて論じられない。］と記している。

　「死生学」という学問を日本に持ち込み、広げるとともに、末
期医療の改善に長年取り組んできたアルフォンス・デーケン氏
は『死とどう向き合うか』（日本放送出版協会）で、大略 ［自分
なりの「生」と「死」をどう全うするのかを考えることが「死生学」
である。］と記している。
　また『生と死の教育』（岩波書店）で、大略 ［この世に生を享
けた者にとって、死はだれにでもいつか必ず訪れる、普遍的・
絶対的な現実である。死を前もって体験することはできない

が、死を身近な問題として考え、生と死の意義を探求し、自覚をもって自己と他者の死に備える心構えを習得することは、いま、あらゆる面でもっとも必要とされる教育といえよう。私たちはなぜ生きるのか、何のためにこの世に生れてきたのかという問いかけは、人類が考えることを始めて以来の謎のひとつであり、何千年もの前から、古今東西の哲学や宗教の根本命題になっている。生と死が表裏一体である以上、これを死にかかわりのあるテーマから、学際的に探求するのが死生学である。

「死の準備教育」はそのまま、自分の死までの毎日をよりよく生きるための「生への準備教育」となり、生と死を深く見つめて生きる原点になろう。]と記している。

さらに、「『死生学』の視点（日本経済新聞夕刊・2006年12月21日付）」で［教育を受けている時期、社会人の時代に続いて、定年退職後の人生の締めくくりを「第3の人生」と呼ぶ。

豊かな第3の人生を過ごすためには、6つの課題があります。1つは「手放す心をもつこと」。過去の業績や肩書に対するこだわりを捨て、新たな出発をするつもりで積極的に生きること。2番目は「許しと和解」。死にいく人も、残される人も互いに許し許されること。第3は「感謝の表明」。これまでの人生を謙虚に振り返ると、自分がいかに多くの人に支えられてきたかを感じるはずです。素直に「ありがとう」と言えることが大切です。第4の課題は「さよならを告げること」。死は旅立ちです。別れのあいさつをきちんとしたい。第5は「遺言状の作成」。財産争いは意外に少なくありません。法律的に適正な遺言状を作っておくことは、残される人への心配りです。最後の課題は「自分なりの葬儀方法を考え、周囲に伝えておく」。

これも周囲の人への配慮、思いやりです。」と述べている。

　このように、生と死とは生物学的なとらえ方のみで解決できる問題ではなく、哲学や宗教などの見地からのとらえ方がある。

　上記以外にも、「生と死」に関して、今までいろいろな見地からのコメントがある。

　以下、その一部を採り上げる。

　現在、私たちの周りには、生命操作を巡る様々な議論がある。遺伝子組み換え、クローン技術、ＥＳ細胞・・・。これらを可能とする先端技術の通奏低音（物事の底流にあって、知らない間に全体に影響を与えるの意）には、ひとつの明確な生命観がある。それは、究極的に、生命とはミクロな部品が集まってできたメカニズムであるという見方、すなわち機械的生命観である。ここに立って、今、私たちはパーツを組み替え、プログラムを戻し、遺伝子を切り張りしている。（中略）ゲノム中のある一部だけを消去（ノックアウト）して、その結果が何をもたらすのかを調べる画期的な方法は、生命科学に極めてクリアカットな知見をもたらした。と同時に、一筋縄では解けない大きな謎をも。

　インスリンの遺伝子をノックアウトしたゲノムを持つネズミは、体内でインスリンを作り出すことができない。そして重い糖尿病を発症する。したがってこの実験から、インスリンの機能は、ネズミを"糖尿病にならない"ようにすることだ、と推定できる。

　しかしその後、明らかになってきたことは、遺伝子とその機

# 町医者のたわごと──医療・介護四方山話

能を一対一で対応づけられるような知見はごくわずかだということだった。ある遺伝子をノックアウトしたのにネズミには異常が全く現れない。そんな実験例が次々と見つかってきた。このような結果は研究者の業績とはなりにくいのであまり表に出てこない。しかしここには、生命についての重要な啓示がある。つまり生命は、パーツひとつを取り去ると変調や故障を来たす「メカニズム＝機械」とは全く別のふるまいをしている、ということである。

この示唆に従えば、生命操作を巡る論議は、倫理の問題以前に、むしろ純粋に科学技術の有効性の問題であるように思える。生命現象とは、個々の部品の機能が支えているというよりは、むしろ部品間の相互作用がもたらしている効果である。それゆえ、同じ効果を、別のパーツの、異なる組み合わせによって生み出すこともできる。パーツひとつ足りなくとも、分化の途上で、それを臨機応変にバックアップしたりバイパスしたりしうる。

逆に、ある部品を増やしたり、別の部品に交換したりすれば効果が上がるように見えることがあっても、それはむしろ、その部分に連動している全体の動的な平衡を乱すことにつながりうる。可塑性（物体に弾性限界を超える力が加わった時に、その力が除かれても、物体に変形がそのまま残る性質の意）とダイナミズムをもった平衡状態として生命がある。遺伝子ノックアウト実験が示しているのはそのようなことだ。

私たちは常に限局的にしか生命を観察しえないが、実は生命に「部分」と呼べるものはない。そして部分的な操作は決して有効ではないのだ。かつて描かれた未来像とは裏腹に、食糧危

機を解決しうるような、本当に有効な遺伝子組み換え作物はいまだ作出されていない。生命操作の可能性を追求する科学そのものが、操作的介入の限界をも指し示している逆説的断面がここにある。

　私たちは解像度を上げながら生命のありようをより新しい文体で記述することは今後も可能だろう。しかしおそらく、生命のありようを作り替えることはできない。なぜなら生命は、どの瞬間をとっても完成された効果として現れているものだからである。このような意味合いにあって、先端性に満ちた分子生物学は、別の見方をすれば限りなく観照（主観をまじえないで、冷静に現実をみつめるの意）にとどまる、あるいは「諦念（あきらめの気持ちの意）のサイエンス」と呼べるかも知れない。

『生命のありよう　部分的操作には限界』
（朝日新聞・2007年10月27日付）　福岡伸一


「生きる」とは、生まれたときより少しでもましな人間になること、そして指針となるものが思想、倫理、道徳や哲学であること。しかし、現在の日本ではそれらが古くさいという理由で排除されているので、今こそ、それらが必要である。

『生き方』（サンマーク出版）　稲盛和夫


　生きているということは活動することである。活動の内容は、対象の現状をより望ましい状況へ向かって変えようとすることで、無条件の、絶対的な、いつどこでもの超楽天主義の見方がないものであろうかと空想することである。それにはたくさんの希望を持つことと、行く先のはっきりしない事について

は、初めから最悪の結果を予想することが大事だ。

「夕日妄語『超楽天主義のすすめ』」

（朝日新聞夕刊・2007年1月22日付）　加藤周一


ひとはなぜ苦しむのでしょう・・・・・

　ほんとうは　野の花のように　わたしたちも生きられるの
です

　もし　あなたが目も見えず　耳も聞こえず　味わうことも
できず　触覚もなかったら

　あなたは　自分の存在を　どのように感じるのでしょうか
　これが「空」の感覚です。

『生きて死ぬ智慧』（小学館）　柳澤桂子


　病理学的にみた「美しい遺体」とは、節度ある医療と同時に
暖かい「こころ」に裏打ちされた合理性を基礎とする品位ある
医療の結果として生れるものと考えております。結果は、一面、
「自然の死」に近い形の死を意味しているものとも考えられま
す。一般の医療に際して、医師が施す治療というものは、結局、
患者自身が自らの力で病気を治す手伝いをするにすぎない、あ
るいは、そうした姿勢が医療に必要であるとは、私どもが方々
で耳にし、目で読む言葉であります。しかし、人間というもの
が、しょせん、いつかは死を迎えなくてはならない運命にある
ことを考えれば、そしてそうした死を迎えなくてはならない運
命にあることを考えれば、そしてそうした死が多くの場合、医
療の最終段階として訪れるものであることに思いを致すなら
ば、医療というものは、他方、人間の、人間らしい自然の死を

助けるためのものであるかと思われます。自分の身体の中に秘められている自然の力による治療を側面から助けると共に、その人生の最終段階においては自らに運命づけられた自然の死を助けるのもまた、医療のもつ役目でありましょう。

『美しい死』（アドスリー）　森 亘（わたる）


「死」に関しては、科学（生物学）が因果的に説明している事実以外にどこに問題があるのか、といぶかる人もいるかもしれません。（中略）固体としての生物体がなぜ死ななければならないか、科学はうまく説明してくれます。哲学とて、この事実に疑いをかけているわけではありません。しかし、この事実をすべて認めても、哲学特有の広大な領域が残されているのです。それは「言葉」です。「死」とは、言葉ですよね？「無」もまた言葉です。それは、自然科学が表わすことのできない何かを意味しており、そのかぎり、自然とは別のリアリティをもっているのです。このリアリティは何より言葉が生み出したものです。（中略）哲学とは、あまりにも当たり前に見えて気づかなかった言葉がもたらすリアリティにメスを入れ、それはいったいどういうあり方なのか、あらためて問い直す試みと言っていいでしょう。（中略）

　何が死に対する恐れの中核にあるのか？（中略）まったくの無になるのが恐ろしいというストレートな感じというより、ずっと無であったのに、一瞬間だけ存在して、また永遠に無になる、という途方もなく残酷な「あり方」に対する虚（むな）しさです。

『「死」を哲学する』（岩波書店）　中島義道

・死からにげようとするから怖くなる。いっそ死を我がものにしたらどうか。

・生も死も一つのもの。いかに生きるべきかは、いかに死ぬべきかに通じる。

「執着心捨て自由の境地を」
（日本経済新聞夕刊・2006年12月9日付）　有馬頼底

　この数年あれこれの病気で入退院をくりかえしている私は、いささかの自棄もあって自身に言いきかせたりする。「紛れもなく健康であることは／たぶん巨な恐怖だから／きみはなるべく／病気でいるがいい」石原吉郎の詩「恐怖」の書きだしである。恐怖とは健康の側から病気の側に向けた幻想や妄想のようなものであり、一般にその反対はありえない。いっそ病気と断じられて入院してしまったほうが毎日の座りがよろしい、と思うこともある。（中略）私の場合結局またぞろ病院行きとなるときには、前述の詩句に加えて、これは自作の捨て台詞のようなことをつぶやいたりする。「ともあれ死ぬまでは生きるさ」。堂々めぐりみたいな理屈ではある。だが、迫りくる恐怖から逃れるには案外、効果的だったりする。このたびの入院生活でも何度ひとりごちたことか。「ふん、死ぬまでは生きるさ・・・」

　某夜、経験豊かな当直看護師が私にポツリと反論した。「でもねえ、なかなか死ねない患者さんだっているのよ。それはそれでつらいわよ。」はっとした。手持ちの死生観を修正せざるをえない。（中略）＜死ぬまで生きる→死ねないのもつらい＞の理屈の先にくるべき結語は、＜それでも、「いま」を精一杯生きる＞でよいのではないか。本復（病気が全快することの意）

をただ待つのではなく、未決定の「いま」こそがクライマックスのように心えて、あえて晴れがましく生きる、というのはどうだろう。生に執着し死におびえる自分をそれとして認め、死という終着点にのみ固定していた視線を「いま」に移す。心の湖の波風をしずめて、“永遠のいま”を一瞬一瞬、惜しみながら生きる・・・。

「二つの日常　死生観の揺れと永遠のいま」
（中日新聞夕刊・2007年12月25日付）　辺見庸

「老いたれば悲しみごとも深からず　朗に人の死をば語らふ」
『歌集　欅風集』（短歌新聞社）　村野次郎
「死去何所知・稱心固為好」
　死し去りては何の知る所ぞ。心に稱うを固より好しと為す。
　死の後に何が残るのか、死者にどうして分かろう。だから、
　生きている間に思うままにするのが一番良いのだ。
『飲酒其十一』（陶淵明）
「先刻までいた。今はいない。
　ひとの一生はただそれだけだと思う。
　ここにいた。もうここにはいない。
　死とはもうここにいないということである。」
（長田弘）

「生命は刹那の事実なり、死は永劫の事実なり。」
（長谷川如是閑）

「未だ生を知らず、焉んぞ死を知らんや」『論語』

「生と死とは相反するものではないのだ。両方が協力して人間を生かそうとしているのだ。生の喜びだけでは人間を活かすことはできない。一方死の恐怖があって、人間を生かせるだけ生かそうとしているのだ。」（武者小路実篤）

　宗教にとって死は中心的課題である。
　特に仏教では死を如何に迎え入れ、抜け出るかという点を通して人間の存在を把握することを根底としている。
　詩人で僧侶の早稲田大学教授守中高明氏は『他力の哲学』（河出書房新社）で、大略［仏教には阿弥陀仏に全てをお任せするという意味の「南無阿弥陀仏」の念仏を唱える「他力本願」によって、仏となって死後に極楽浄土に生まれ変わる「浄土往生」の考え方がある。専修念仏（ただひたすら念仏だけを唱える）で一切衆生（生きとし生けるもの）が救われる考え方である。その流れを生み出したのは浄土宗開祖法然で、浄土真宗開祖親鸞、時宗開祖一遍にかたちを変えて受け継がれている。］と記している。

　今後、医者のみならず、宗教家、哲学者や社会学者らを交え、社会全体が「生と死」について、もっと真摯に捉えて行かねばならない。

　以上、「生と死」についていろいろな問題点があることを指摘してきたが、行き着くところ
　「死ぬる時節には死ぬがよく候」

　　　　　　　　　　　　　　　　　　　　　　（良寛）

　と、いうことか。

# 気の向くままに

医療法人 瀧田医院30周年を記念して

# 生活

ロボットやIT（Information Technology／情報技術）の登場によって、生活、さらには生活習慣が変わってきている。

ITとは、コンピューターやインターネットを中心とするネットワークを活用する技術の総称。

ITは、さらにSNS（Social Networking Service）、IoT（Internet of Things）、AI（Artificial Intelligence／人工知脳）と展開している。SNSはTwitter、LINE、Facebookなど、人と人との繋がりを支援するインターネット上の仕組み。IoTは様々なモノをインターネットに接続して情報交換することによりモノを制御する仕組み。AIはディープラーニング（Deep Learning／深層学習）を駆使したりしてコンピューター上での人間の知能を模倣する仕組み。

これら、被害の報告も多々あり。ここにも光と影が。

悪い生活習慣は脳、心臓などにダメージを与え、高血圧、脂質異常症、糖尿病など、いわゆる生活習慣病を引き起こす。
外山滋比古は『知的生活習慣』（筑摩書房）で、大略「知識、情報の溢れる現代では精神の不具合や障害を起こすことが多く、良い知的生活習慣によって新しい人間になることができる」と。

最近超長寿社会になって総介護社会を迎え、生活をしていく上でADL（activities of daily living／日常生活動作）、QOL（quality of life／生活の質）の向上が問われている。

気の向くままに

## 医学と宗教

「老病死からの救済は医師のみでは十分でない。真に「宗医一如」の言葉通り、医学と宗教が相俟ってこそ救済の道が開ける」『医学と宗教』（東洋書店）　辻井正
「医学は古来「病の癒し」を目的とし，自ずと宗教と密接に結び付いた営みであったが、近代以降は医学が自然科学の成果に従属するかのような様相を示すようになった。医学が一定の成果を得た現代にあっては“老い方や死に方を含めた”「病の癒し」こそが求められている」『現代医学と宗教』（岩波書店）　日野原重明

## 医学と芸術

「医学は身体のメカニズムを探求してきた。芸術は身体の美を追求してきた。その意味で身体は医学と芸術が出会う接点である。ダビンチは解剖図を残し、モナリザを描いて医学と芸術の総合的業績を残した」『医学と芸術：生命と愛の未来を探る―森美術館図録』（平凡社）　南條史生

## 健康と病気

東洋医学の未病のように健康と病気の立ち位置が問われている。「日本文化の特色の一つとして、「間」ということがいわれる。（中略）元気と病気の「間」を生きる―ということは、一元的な健康至上主義ではない。元気のなかにも病気があり、病気のな

かにも元気がある—という多元的な考えである。また、一元的に健康だけを追い求めたり、自然に逆らってまで治療をやり過ぎたりすることは、かえって良くないという考え方である」『病いと健康のあいだ』（新潮社）　立川昭二

「病気になりたくない、長生きしたいという素朴な願いを超えて、生き方や死に方にかかわるさまざまな情報が出されている。その中で、自分らしい生き方と死に方を探るためには、自分にとって健康とは何かを問い直してみなければならない」『健康病』（洋泉社）　上杉正幸

「健康への不安がストレスをもたらし、その悪循環の泥沼のなかでもがき続ける日々が続くのである。そのストレスをさらに加速させるのが、メディアにあふれる健康情報だ。（中略）過度に健康を気づかうことは、一種の病気かもしれない。氾濫する健康記事、健康番組に一喜一憂するのは、健康という病である」『健康という病』（幻冬舎）　五木寛之

## 医者と患者

インターネット情報などを権威あるものと思い込んで医療機関を転々とする『ドクターショッピング』が多い。

外来診療をやっていない休日や夜間に緊急性のない軽症患者が自己都合で受診する『コンビニ受診』も多い。

『ドクターショッピング』『コンビニ受診』のような医者と患者の関係では、医者は"より"良い医療を提供できなくなる危険性を秘めている。

病気は医者と患者の共同作業で治すものである。

それには医者も患者も相手の立場や気持ちを理解して、信頼関係を築くことが大切である。

## 総合診療医

医療の分化が進み、包括的医療が求められている。
そのために2019年度よりスタートした新専門医制度に「総合診療医」が設けられたが、既に日本医師会が提唱している、病気になった時にすぐに対応できる「かかりつけ医」がある。
ここで「かかりつけ医」との関係が問題となるので、そこをもっと整理しないと「総合診療医」は育たない。

## 患者様

『患者様』という呼び方は、厚生労働省が2001年に発表した「国立病院等における医療サービスの質の向上に関する指針」での「患者には敬称を付けるように」という通達が発端である。通達の真意は、官公庁から個人宛の郵便物の宛名が『殿』を『様』に変える動きに沿って、文書で患者に対応する際は『様』が望ましいということであった。事実、指針には「あくまで『様』付けは丁寧な対応をするための原則であり、診療や検査などの状況に応じて従来通り『さん』付けにする」という記述がある。
『患者様』と言われるようになって患者が増長し、モンスタークレーマーが増えて医療現場が混乱した。
最近、また『患者様』を『患者さん』と言うようになってきて、モンスタークレーマーが減少している。

# 医療と介護

重度な要介護状態となっても住み慣れた地域で自分らしい暮らしを人生の最後まで続けることができるよう、行政が核となって地域の自主性や主体性に基づいて、医療・介護等が一体的に提供される『地域包括ケアシステム』の構築が喫緊の課題となっている。

2018年度の医療保険制度と介護保険制度の6年毎の同時更新での介護保険制度において、デイケアとデイサービスとの違いが介護報酬の対応で、より具体的に打ち出された。また団塊世代が後期高齢者になって医療・介護費等の急増が懸念されている『2025年問題』を見据えて、2023年度末で廃止される『介護型療養病床』に代わる介護と医療の下で日常生活上の世話を行う『介護医療院』が登場した。

# 常識・良識と教養

常識は社会生活を営むための一般的な知識・考え方で時代、国、社会、会社、コミュニティー、付き合う人々などに左右される。良識は偏らない健全な知識・考え方でそれらに左右されない。『コンビニ受診』『ドクターショッピング』『患者様』は"今時の常識"ということであろうか。

教養は常識に比して知識・考え方を活かし、自らの人格を形成するために必要なもの。なお自らのみではなく社会性・倫理性を担保するもの。即ち人間としてのモラル。

# 言葉

「言葉は八分に留めて後の二分は向こうで考えさせるがよい。わかる者には言わずともわかるが、わからぬ者にはいくら言ってもわからぬ」（伊庭貞剛）

「言葉はかけ算に似ている。かけ算ではどんな数も最後にマイナスを掛けたら、答えはマイナスになる」（斎藤茂太）

『たった一言』『余計な一言』に留意しなければならない。

「言語という、人間の知性の象徴が人間の思考とどのような関係にあるのか、という問題は限りなく広く、深い」『ことばと思考』（岩波書店）　今井むつみ

「言葉は思考を開く。しかし閉ざしもする。言葉が思考を開くためには言葉は生き生きとしたものでなければならない。そのためには、この言葉でいいのか、もっとぴったりした言葉はないだろうかと迷うことで言葉は自分のものになり、自分の思考が開けてくる」『言葉の魂の哲学』（講談社）　古田徹也

「私が言葉によって支えられてきたように、迷い傷ついたあなたへ私の最期の言葉を伝えたいのです」『生きていくあなたへ』（幻冬舎）　日野原重明

「小さな子どもの言葉がいざなってくれる世界がある。
飛行機雲を見上げて「ひこうきが、お空にらくがきしてる！」
夏の日に朝顔を見て「あさがおってどうして朝だけさくの。ひるまになると小ちゃくなっちゃうよ。早起きしたからおひるねしてるの」
いずれも口にしたのは3歳児である。

今井和子さんが『子どもとことばの世界』で紹介している」
「朝日新聞 天声人語（2018年4月4日付）」
子どもの心から溢れ出るよう生まれた言葉は子どもの育ちと共
にその姿を変え、豊かな内容を持って新しい世界を生み出して
いく。

# ▎情報

情報には客観的な情報と主観的な情報がある。
前者は明確で論理的な情報であり、皆が共有している。後者は
感情的な情報であり、人それぞれである。
客観的な情報を得るためには、知識を得ておくこと、主観的な
情報を得るためには経験を積んでおくことが大切である。

かつては情報は言葉そして文字に依っていたが、今やITにも
依っている。
ITでのデジタルデータは不変でも、記録媒体の光ディスクや
磁気テープは劣化してデータは何時までも残らない。もちろん
記録媒体を新たなものに移し変えれば長期間の保存は可能だが
膨大な手間が掛かり、保存しようとする者にとって都合が良い
データしか保存しない可能性もある。そこで、現在、デジタルデー
タを超長期間保存する媒体の開発の取り組みが始まっている。

昨今、情報の隠蔽が時に見られる。つじつま合わせに窮して、
さらなる情報の隠蔽が見られる。所詮自己保身のためか・・・。

# コミュニケーション

コミュニケーションには"交流"するという行動以上に何かを"共有"するためのプロセスがある。

人間関係はコミュニケーションの累積である。したがってコミュニケーションの"ありよう"によっては人間関係の崩壊に繋がる。

「自分を大切にしながら自然体で付き合うなかから、長続きする人間関係は育ってくる」『「こころ」を健康にする本』（日本経済新聞出版社）　大野裕

「人と人との距離の感覚についてほんの少しだけ敏感になった方がいいのでは」『友だち幻想』（筑摩書房）　菅野仁

「良い人間関係なしには何事もうまくいかない」『大富豪からの手紙』　本田健

「人間が人間同士、お互いに、好意をつくし、それを喜びとしているほど美しいことは、ほかにありはしない」『君たちはどう生きるか』（マガジンハウス）　吉野源三郎

外山滋比古は『伝達の整理学』（筑摩書房）で、大略「日本人は思考の伝達が苦手である。ことばの読み書き偏重、知識を自分の頭に詰め込むことばかりに熱心で、自分の考えをどう深め、どう伝えるかを考えていない。AIが人間を脅かしているいま、人間にとって大事なのは思考の伝達とその整理学である」と記している。

「伝え方が9割」
伝え方が悪いと相手にしっかり伝わっていないことがある。
「物も言い様で角が立つ」
言い方によって相手の感情を損なうことがある。
「人を見て法を説け」
相手の性格や能力を考えて適切な言い方をすることが必要である。
一方「見ざる、聞かざる、言わざる」

医療、介護の世界でもコミュニケーションは必要である。
かつては医者が医療のみならず介護の舵取りもしていたが、介護保険発足後、医療ソーシャルワーカーやケアマネジャーが舵取りをしている。しかし医療ソーシャルワーカーやケアマネジャーは医者との連携に努めなければ医者は蚊帳の外に置かれることになり、コミュニケーションは成り立たなくなる。

# ▌会議

「会議は踊る、されど進まず」
フランス革命とナポレオン戦争終結後の領土分割を目的として1814年から始まったウィーン会議で、参加した国は勝手に有利な条件を求めたので会議は進まず。一方舞踏会はきらびやかに行われた。それを揶揄してオーストリアのリーニュ公爵が放った言葉。
"会議をする意味"を問うている。
会議は、ひたすら時間を使うだけで終わってしまうことが多い。まずは効率化させるのが基本。

# 時間

かつては
自然哲学の数学的諸原理（ニュートン）
時間は過去から未来へと等しく流れる。
今は
一般相対性理論（アインシュタイン）
時間は重力が大きいほどゆっくり流れる。
ジャネーの法則（ジャネー）
時間は歳を取るほど速く流れる。
時間の流れは物理的そして心理的には一定ではない。

哲学的に、批判もあるが
時間の非実在性（マクタガート）
時間は主観的なものであって客観的には実在しない。

「一期一会」（千利休？）
一度出会った人とはもう二度と会えないかもしれないから、一
度の出会いを大切にしなければいけない。


# 働くということ

働く時間によって金が決まる。時は金なり。
働く時間によって命が決まる。時は命なり。

これらを踏まえて国は無駄のない働き方を目指して『働き方改

革』を推進してきたが、「裁量労働制」「高度プロフェッショナル制度」での時間外労働の対応で物議を醸している。

『働き方改革』の中で勤務医の長時間労働が取り上げられている。しかし医師は"診療の求めを原則拒めない"という明治時代からの医師法の「応召義務」に束縛されている。したがって「応召義務」のありかたを検討しなければ医師の働き方改革は進展しない。さらに医療の"ありかた"そのものを検討しなければ医師の働き方改革は進展しない。

なお働く時間と成果は必ずしも一致しない。したがって時間外労働には、そのことを踏まえて対応しなければいけない。

「働き方」もさることながら、「働く意味」に思いを巡らす必要がある。一方「サボリ」の意味にも思いを巡らす必要がある。

加藤浩晃は『医療4.0』（日経BP社）で、大略「産業革命の流れの18世紀半ばの蒸気機関による第1次から最近のIoTやAIによる第4次産業革命—インダストリー4.0になぞらえて、医療革命の流れを国民皆保険が開始された第1次から最近のインダストリー4.0と同じくIoTやAIによる第4次医療革命—医療4.0と捉えると、医療4.0ではヒトの「働き方」の変化もさることながら、オーダーメード化が進み、アフターサービスに繋ぐ新たな付加価値が提供されるようになってきている」と記している。


## 生産性

生産性とは、価値／労力。

気の向くままに

宮川努は『生産性とは何か』（筑摩書房）で、大略「生産性は経済的な活力と工夫の指標で、根性論ではなく、仕事への意欲的な取り組みと良い成果への工夫に依っている」と記している。人件費が高く生産性が低い医療や介護事業では特に留意すべき。

## 三識そして知恵・知性と叡智

知識とは、物事を知ること。
見識とは、物事を捉えること。
胆識とは、見識に行動力が伴うこと。
知識と見識と胆識の三識が兼ね備わってはじめて人物の器量となる。（安岡正篤）
一方
知恵とは、知識を活用して問題を解決すること。
知性とは、物事を考え、理解し、判断すること。
叡智とは、優れた知恵。深い知性。

## 学ぶということ

「学びとは、理解したと思っていたことを新しい形で理解し直すこと」（レッシング）
「学びの最大の敵は既に学んだこと」（マクスウェル）
「既に習得した以上のことをしなければ成長できない」（オズボーン）
「学問は人間を変える。人間を変えるというような学問でなければ学問ではない。その人間とは他人のことではなくて自分の

ことである」（安岡正篤）

「人はなぜ勉強しなければならないのか。それは知恵を身につけるため。つまり、学ぶことの中には知恵という、目に見えないが生きていく上に非常に大切なものがつくられていくと思うのである」『学問の発見』（講談社）　広中平祐（へいすけ）
「学びとはあくまで探究のプロセスだ。たんなる知識の習得や積み重ねでなく、すでにある知識からまったく新しい知識を生み出す。その発見と創造こそ本質なのだ」『学びとは何か』（岩波書店）　今井むつみ

## ▋経験

仕事をする上で経験は重要な要素である。世の中の殆どの職業は知識だけでは実際には行うことができないことのほうが多い。教科書などに書かれていないことが山のようにあり、実際に体を使って習得しなければならない。特に職人の世界では。
「習う（学ぶ）より慣れろ」

## ▋理解

同じ情報に接しても、一瞬でそれを受け入れて何を言っているのか理解できる人もいるが、何時までもそれを受け入れられず何を言っているのか理解できない人もいる。
情報を与えられても理解できないのは、情報を理解する知識、経験がないからである。

「心ここに在らざれば、視れども見えず、聴けども聞えず、食えども其の味を知らず」『大学』

## ▌認知

認知とは、記憶等の知的能力で外界の対象が何かを判断すること。外山滋比古は『忘れるが勝ち！』（春陽堂書店）で、大略「有意義な人生のために頭のゴミを出すには"忘れる"ことも大切」と記している。

最近、教育界で数値化が困難な共感力、忍耐力、意欲等の非認知能力が注目されている。経済協力開発機構の報告書（社会情動的スキル）によると、非認知能力が高まると認知能力も高まると。

## ▌直観

データを集め、熟考を重ねた判断が間違いで、理由は分からないけれど一瞬で「これだ！」と思ったり、説明できないけれど「何か変だ！」と感じた最初の瞬間的判断が正しいことがある。それが直観である。一見、突如生まれたように見えるが、多くの知識、経験が基盤にある。
「直観はいつも幸せのために働いている」『大富豪からの手紙』（ダイヤモンド社）　本田健

## ▌決断

小さな決断の積み重ねが大きな転機に繋がる。決断するには情

熱と準備が大切である。

「迷った時には、10年後にその決断がどう評価されるか、10年前ならどう受け入れられたかを考えてみればよい」（鈴木治雄）

「決断するということは自分の新しい未来を創り出すこと」『大富豪からの手紙』（ダイヤモンド社）　本田健

# ▍段取り

「木に縁りて魚を求む」『孟子』

段取りをきちんとしなければ「労多くして功少なし」で徒労に終わる。

段取りをするには物事の軽重を見極め、優先順位を決める必要がある。

# ▍協調性

協調性のある人は共通部分を見出そうとする。場の空気を読み、思いやりを示す。気配りをする。

但し人の言うことを鵜呑みにして自分を殺すことはしない。

「念頭濃やかなる者は、自ら待つこと厚く、人を待つこともまた厚く、処々皆濃やかなり。念頭淡き者は、自ら待つこと薄く、人を待つこともまた薄く、事々皆淡し。故に君子は、居常の嗜好はなはだ濃艶なるべからず、また宜しくはなはだ枯寂なるべからず」『菜根譚』

濃やかな配慮をし過ぎると自分も疲れるし相手にもお節介になる。あっさりし過ぎても薄情と非難される。ほどほどが良い。

# 仕事力

仕事力とは、社会人基礎力（基礎学力＋専門知識）＋基本的生活習慣＋人間性。

仕事力がある人は段取り力があり、うまく見切りを付け、協調性がある。したがって少ない時間で同じ結果を出す。

まずは目の前の仕事の目的を考えて、それをこなさなければいけない。

仕事力は仕事が新たな展開の時こそ試される。

「一を聞いて十を知り、十をやる」

「仕事力を高めるには、仕事の量と質と方向性を見極めることが大切」『大富豪からの手紙』（ダイヤモンド社）　本田健

プロフェッショナルの仕事力とは神業を発揮することではなく、依頼者が期待していることは何かを明確にして依頼者の期待に応えることである。

「プロフェッショナルは職種や職階にかかわらず、働いた時間より生み出した結果に目を向けるべきだという思いをますます強くした。それこそが、仕事でより多くの成果を上げながら、同時に友人や家族と楽しい時間を過ごすための最良の方法だと思う。とはいえ、生産性を上げるための方法は、人それぞれの状況に左右されることも間違いない。人生のどの段階にいるのか、また組織の文化はどのようなものかをじっくり考えてみるべきだ」『ハーバード式「超」効率仕事術』（早川書房）　ロバート・C・ポーゼン（関美和訳）

「一つのアイディアを制度として定着させようとするとき、一つの発見を医療の現場で活かそうとするとき、さらには一人の

画家の仕事をまとめ展覧会を開こうとするとき、法律や経理、調達や広報といった別のプロフェッショナルたちとしっかり組まなくてはなりません」(鷲田清一)

# 組織

組織は「烏合の衆」「有象無象の衆」の集まりでなく、「精鋭揃い」が望ましい。しかし、なかなか適わぬことである。
「烏合の衆」とは、規律も統一もない人たち。「有象無象の衆」とは、雑多な役に立たない人たち。

組織には職種やポジションに関係なく、誰もが自分の意見を自由に発表できる環境が必要である。
組織を創り出すための始めの一歩は有効に機能して生産性が高い仕組みを創ることである。そのためには計画・実行・評価・改善すること、さらに報・連・相に努めることが大切であるが、それ以前に社会人としての自覚が大切である。

コーポレートガバナンス、コンプライアンス、リスクマネジメントが声高に叫ばれている。
企業統治を意味するコーポレートガバナンスとは異なり、法令や社内規則だけでなく社会規範や倫理に至るまで広く順守すべきことを意味するコンプライアンスや危機事態を発生させないようにするリスクマネジメントは個人にとっても守るべき極めて重大な課題である。なおリスクマネジメントは危機事態発生後の対処をするクライシスマネジメントとは異なる。

# 統率者

統率者には管理能力が求められる。それには事業そして現場を把握し、スタッフと話し合い、自ら行動しなければならない。

「正面の理、側面の情、背面の恐怖

正面の理　　理路整然と道理にあった理詰めの付き合いや指示を出す。

側面の情　　愛情を持って世話を焼く。

背面の恐怖　怠けた場合に "どうなるか" を示す」（中坊公平）

「やってみせて、言って聞かせて、やらせてみて、ほめてやらねば人は動かじ。話し合い、耳を傾け、承認し、任せてやらねば人は育たず。やっている姿を感謝で見守って、信頼せねば人は実らず」（山本五十六）

統率者は責任があり、辛くて、ストレスがあり、孤独である。

# 社会と世間

社会という言葉は、1875年、東京日日新聞（毎日新聞東京本社の前身）の福地源一郎が「Society」の訳として仲間を意味する中国語の「社」と「会」を組み合わせて創った。いろいろな人が集まって、全体としての営みをしている集団を意味している。今や社会は組織・人・物・金・安全・情報の管理と、管理社会である。

組織・人を管理すると同時に自己の管理も求められる。
一方
世間という言葉は、仏教用語で「生きもの」と、それを住まわせる「山河大地」を指している。いろいろな人が集まって、それぞれの営みをしている集団を意味している。
「この世」や「人の世」は世間と同じ意味で使われている。

「智に働けば角が立つ。情に棹させば流される。意地を通せば窮屈だ。とかくに人の世は住みにくい」『草枕』（新潮社）　夏目漱石

# ▎居場所

もっともらしい理由を付けて居場所を変える者が多いが、多くは背後に打算が見え隠れしている。
居場所は他人とぶつかり合いながら創っていくものである。

# ▎適材適所・適所適材

適材適所とは、その材にとって適した所。
最初はその材に適した所ではなくても、その材が適した所を創っていかねばならぬ。
適所適材とは、その所にとって適した材。
最初はその所に適した材ではなくても、その所が適した材を創っていかねばならぬ。

## 考えるということ

考えるということとは、あれやこれやと思いを巡らすこと。

「深く考える力とは、心の奥深くに眠る賢明なもう一人の自分の叡智を引き出す力」『深く考える力』（PHP研究所）　田坂広志

「知らないことはまねできないが、知識があれば、どうしてもまねたくなるのである。知識がなければ、自分の頭で考えるほかない。独創になる。無学な人が発見をするのは、むしろ当然である」『「考える頭」のつくり方』（PHP研究所）　外山滋比古

「バカな奴は単純なことを複雑に考える。普通の奴は複雑なことを複雑に考える。賢い人は複雑なことを単純に考える」（鈴木大拙）

## 判断するということ

判断するということとは、物事の真偽・善悪などを見極めること。

スコット・プラウスは『判断力』（日本経済出版社　浦谷計子訳）で、大略「難しい判断に直面した場合には、自分の判断が間違っているかもしれない理由を考えることで判断の質を上げることができる」と記している。

和田秀樹は『「判断力」の磨き方』（PHP研究所）で、大略「感情や自分の立場、過去の経験、周囲の意見など、さまざまな要因で同じ問題にも別の結論を出してしまうことがある」と記している。

トーマス・ギロビッチ、リー・ロスは『その部屋のなかで最も賢い人』（青土社　小野木明恵訳）で、大略「賢者は日常の難問を社会心理学と判断・意思決定の分野を基に判断する」と。

# 文系と理系

文系は主に人間の活動を、理系は主に自然界を対象とするとされてきた。また文系はイメージを重視して直感的に、理系は客観的事実を重視して論理的に考えると言われてきた。

高校での文系の主たる学科は国語、社会。理系では数学、理科。大学での文系の主たる学部は法学部、経済学部、文学部、教育学部。理系では理学部、工学部、農学部、薬学部、医学部。

「どうも、文科系と理科系という分け方は、あまりに粗雑であるし、その分け方に基づいて高校や大学で教育が行われるというのは現代的でないように思われる。もっとカリキュラムを多様化して様々な選択ができるようにしたほうが現在の学問により適合するであろう」『文科の発想・理科の発想』（講談社）　太田次郎

「文系・理系のような「二つの分化」があること自体が問題なのではなく、両者の対話の乏しさこそが問われるべきなのでしょう。違いが生かせてこそ、補い合うことができる。集合知が発揮できる。そう思うことから、一歩が歩み出せるような気がしています」『文系と理系はなぜ分かれたのか』（星海社）　隠岐さや香

私が在籍していた当時の東京都立日比谷高校の授業は文系と理系に等しく対応していたので、文系と理系の集合知を発揮できる授業をしていたことになる。そのことで教養が養われ、医者としての糧となっている。

気の向くままに

# ▍エビデンス

エビデンスとは、証拠・根拠。

医療ではEBM（evidence-based medicine）。

即ちエビデンス（科学的根拠）に基づく医療。

しかし患者の満足度が低く、コミュニケーションが円滑に取れないことがある。

そこで新たにNBM（narrative（物語）- based medicine）。

即ち患者の語る物語に基づく医療。

なおEBMとNBMは対立するものではない。

# ▍才能と才覚

才能とは、素質や訓練によって物事を成し遂げる能力。

才能に違いあり？限界あり？　人それぞれ。

一合升に一升の酒は入り切らない。

しかし

一合升なのに一升の酒を入れようとする人がいる。

一合升なのに一合の酒を入れようとしない人がいる。

「醸肥辛甘は真味に非ず。真味は只これ淡なり。神奇卓異は至人に非ず。至人は只これ常なり」『菜根譚』

濃厚な酒、脂っこいもの、辛いもの、甘いものは本当の味ではない。本物の味は淡い味の中にある。

非常に優れて卓越して、他と大きく異なるように見える人は本当に道を究めた人ではない。道を究めた人はごく平々凡々に生

83

きているように見える人である。

「和光同塵」『老子』

光を和らげて塵に交わる。つまり才能を包み隠して世間に交わる。才能を表に出さない。

「能ある鷹は爪を隠す」一方「能無し犬は高吠えをする」

才覚とは、物事をなす際の素早い頭の働き。

「最高の才覚は事物の価値をよく知るところにある」(ロシュフコー)

十歳で神童、十五歳で才子、二十歳過ぎればただの人。


# ▌錯覚と思い込み

錯覚とは、感覚器に異常がないにも拘わらず、実際とは異なる知覚を得てしまう現象。

思い込みとは、真実とは違う思い。

「人間は自分が実際に知っている以上に"もの"を知っていると錯覚する。それは人間が個人の知識だけでなく環境そのものやネット、書籍、他人の知識を当てにして"もの"を考えるから」

『知ってるつもり』(早川書房) スローマン、ファーンバック(土方奈美訳)

人間は誤りやすく信じやすい。このことは思い込みに、さらに過失に繋がる。

思い込んで「猪突猛進」し、「裸の王様」になることは避けねばならぬ。

ベーコンの人間を惑わす"４つの思い込み"とは、

１．人間であることに基づく思い込み。

身体的な制約を受けていることに依る思い込み。例えば人間は鳥のように空を飛べないために正しい道が分からないための思い込み。

２．個人の思い込み。

自分の考えに依る思い込み。

３．言葉の思い込み。

噂話に依る思い込み。

４．権威の思い込み。

威圧して従わせる威力に依る思い込み。

いわゆる心の隙に入り込み、情に訴えたり巧みな会話で相手の心を変えるマインドコントロールである。

なお洗脳は暴力的手段を用いて相手の心を支配することである。

## ▎失敗と過失

失敗とは、物事をやりそこなうこと。

「成功のためには失敗が必要」『大富豪からの手紙』（ダイヤモンド社）　本田健

「成功は99％の失敗に支えられた１％だ」（本田宗一郎）

「恥や減点の対象ではなく肯定的に利用することが失敗を生かすコツ」『失敗学のすすめ』（講談社）　畑村洋太郎

「人間は神ではない。誤りをするところに人間味がある」（山本五十六）

過失とは、不注意などによって生じた過ち。

「過ちを改めざる、これを過ちという」『論語』

過ちを犯すことは人間である以上仕方がない。問題なのは過ち
を改めないことである。

# 事故

事故には想定外のものとヒューマンエラー（人為的過失）によ
るものがある。ヒューマンエラーを防ぐには、報・連・相、
チェックリストの活用、指差し確認、ダブルチェックなどの基
本的なことを順守する。
災害は自然現象によって人命や社会生活に被害が生じる事態の
ことだが、人為的な原因による場合もある。

何はともあれ、自身の判断を思い込まないことである。

# 視方

「井の中の蛙　大海を知らず」

視座　立場で視る。
視野　広がりと長さで視る。
視点　切り出し方で視る。

「蝸牛角上の争い」『荘子』
かたつむりの左と右の角の争いのような小さなことではなく、
大きなことを目指せ。
「障子を開けてみよ。外は広いぞ」（豊臣秀吉⇒豊田佐吉）

外に目を向けるだけでなく、時代の先を見据えることが大切である。

## 観方

六中観（安岡正篤の座右の銘）
忙中閑有り。ただの閑は退屈でしかない。ただの忙は価値がない。
苦中楽有り。如何なる苦にも楽がある。
死中活有り。死地に入って意外に活路が開けるものである。
壺中天有り。世俗生活の中に別天地（独自の世界）がある。
意中人有り。人材の用意がある。
腹中書有り。表面的な知識ではならぬ。

## 信念

信念を持つ人は自分で考えて決め、自分の価値を疑わない。

南アフリカのマンデラは27年間の投獄にも耐えて「終始一貫」した"筋を通す"政治家であった。最近の日本では「終始一貫」した"筋を通す"政治家や官僚がなかなか見当たらない。

## 信用と信頼

信用とは、過去に対しての評価。条件付きの評価。
信頼とは、未来に対しての期待。無条件の評価。
信頼してもらうには信用が必要。信用すれば信頼される。

何事にも「首尾一貫」でなければ信頼されない。
人の上に立って何かを行う場合には「首尾一貫」を心掛けることが重要である。

「信頼できるかを試すのには、信頼してみることだ」（ヘミングウェイ）
「無意識の心は他人の助けが必要かどうかをつねに監視し、必要がなければ不誠実に振る舞えとささやく」『信頼はなぜ裏切られるのか』（白揚社）　デステノ（寺町朋子訳）
「人間が人間を裏切るのは、恐怖よりも軽蔑である」『危機と克服』（新潮社）　塩野七生
なお
節操がないとは、信念や主義主張がすぐ変わること。あるいは、ないこと。
節操がない人は信用も信頼もされない。

## 人望と人気

人望とは、その人に対して多くの人が寄せる尊敬、信頼。
人望ある人とは、控えめな姿勢と人を許すだけの器量を持ち、人のために尽くし、黙っていても多くの人がついていく人。
人気とは、世間からの受け。
人気ある人とは、明るく、やさしく、細やかで、コミュニケーション力があり、上から目線ではない人。
人気を得ることで成立する稼業は芸者・役者・医者の三者。否、今や、もっと多くの稼業。

気の向くままに

## 性格と人格そして人間性

性格とは、その人固有の感情、意志。

性格は遺伝子によって決まっている。しかし、これらの遺伝子は環境によって変わってくる。したがって環境によって働きが変わる性格の不一致が後に生じるのは当たり前。

人格とは、その人固有の人間としての"ありかた"。つまり性格に道徳的側面も含めた総合的な人間の特性で、性格より上位の概念として用いられることが多い。

人は誰も"ある意味"では二重、否、多重人格である。

人間性とは、人間特有の本性。人間として生まれつき備えている性質。

性格や人間性は自分でコントロールできないが、人格は自分でコントロールできる。

## 虐めと虐待

虐めとは、学校、職場などで、自分が相手より優越な気持ちで相手の感情を尊重せずに自分がやりたいように相手を扱うこと——並列関係。

虐めをする人は「虐める理由なんかない！」と。

「虐めは人間が生存率を高めるために備わった機能による行為なので無くすことはできない。したがって回避策を考えていかねばならない。例えばコミュニケーション力を上げること」『ヒトは「いじめ」をやめられない』（小学館）　中野信子

虐待とは、弱者に対して精神的・肉体的な暴力を振るうこと——上下関係。

虐待をする人は「虐待する自覚なんかない！」と。

子ども時代に虐待を受けると、ストレスによって分泌されたコルチゾール、アドレナリンなどのホルモンが感情を司る扁桃体を刺激して脳にダメージを与える。

怒り、恥辱、絶望が内に向かうと不安、抑うつ、自殺企図が生じ、外に向かうと攻撃性、衝動性が高まって非行に繋がる。

親に虐待された子どもが成人になって子どもを産むと、産んだ子どもに自分が親にされたように虐待するようになるという、負の連鎖が生じる。

児童、高齢者、障害者に対する「虐待防止法」が誕生し、地域で「虐待防止ネットワークづくり」が取り組まれてはいる。

## ▌倫理と道徳

倫理とは、人として守るべき行為の規範である。

個人から社会まで "より" 広範囲に用いられることが多い。

道徳とは、一人ひとりが守るべき行為の規範である。

個人や家族などの小集団に用いられることが多い。

戦前、儒教に基づく忠孝などを教える修身の科目があったが、戦後、軍国主義に繋がったとして廃止され、倫理・道徳の教育が疎かになった。しかし1958年度に忠孝が改めて見直され、小中学校で道徳教育が教科外の扱いで実施されるようになっ

た。さらに小学校では2018年度から、中学校では2019年度から、虐めが減ることを目標に「特別の教科　道徳」として教科に格上げされることになった。しかし虐めは減るであろうか？

## 善

善とは、人間が自然本性に適った生き方をすること。
西洋思想では善の反対概念は悪。東洋思想では善の反対概念は煩悩。
「善とは一言に言えば人格の実現である」『善の研究』(講談社)
西田幾多郎

## 徳

徳とは、どの人にも真摯に向き合い、それによって信頼され、その信頼に応えること。
人徳は人が本来兼ね備えている徳。
「徳は孤ならず、必ず隣あり」『論語』
徳のある者は孤立することがなく、理解し助力する人が必ず現れる。
「大善は名声をもたらす。小善は徳をもたらす」(中江藤樹)
多額な寄付をするような大善は名声をもたらすが、徳はもたらされない。身の回りの日々の小さな行いを積むような小善は名声をもたらさないが、徳はもたらす。
「人間として一番尊いものは徳である。徳を高めるには自分で悟るしかない」(松下幸之助)

# 君子

君子とは、人徳のある人物。

「君子は周して比せず。小人は比して周せず」『論語』
君子は広く偏らずに人と親しむが、小人は偏って人と親しむ。
「君子危うきに近寄らず」『論語』？
君子は自分の振る舞いを慎んで危ういことに関わりを持たない。小人は自分のことだけを考えて危ういことに関わりを持たない。
「君子の交わりは淡きこと水の如し」『荘子』
君子の交際は水のように淡白であるが、その友情は何時までも変わらない。
「君子豹変す」『易経』
君子は他人のことを考えて自分の考えや態度を素早く変える。
小人は自分のことを考えて自分の考えや態度を素早く変える。
「君子和して同ぜず、小人同じて和せず」『論語』
君子は協調するが同調はしない。小人は同調するが協調はしない。

# 忠恕

忠とは自分の心を他人⇒主君に尽くすこと。
「人の為に諮って忠ならざりしか」『論語』
人の為に真心をこめて考えたか。
なお孝とは自分の心を親に尽くすこと。
恕とは自分の心を他人に推すこと。即ち思いやること。

「人生で一番大切なことは恕か。己の欲せざる所、人に施こすこと勿かれ」『論語』

人生で一番大切なことは恕すなわち思いやりである。自分が人からして欲しくないことは人にもしてはならない。

## 信義と仁義

信義とは、約束を守り、務めを果たすこと。

仁義とは、道徳上守るべき筋道。

信は誠実。義は正義。仁は博愛。

信義と仁義は誠意があるか否かというところから始まる。

## 礼

礼とは、社会秩序を保ち人間関係を円滑に維持するために人が守るべき社会生活上の行い。

「本当の人間尊重は礼をすることだ。お互いに礼をする。すべてはそこから始まらなければならない」（安岡正篤）

武道の精神「礼に始まり礼に終わる」は今も生きている。

## 権利と義務

「義務が権利を創り出すのであって、権利が義務を創りだすのではない」（シャトーブリアン）

最近、権利ばかりを主張して義務を果たさない人が増えた。権利は義務の対価ではない。

# 差別と格差

差別とは、人種差別、障碍者差別など、特定の集団や属性に対して差を付けた区別。

動物そして人間は、生存するために競争が必須である。結果、動物そして人間に差別が生まれた。

「『人の上に人を造らず。人の下に人を造らず』と言へり。されど人の世はかしこき人あり、おろかな人あり、貧しきあり、富めるもあり。人は生まれながらにして貴賎貧富の別なし。ただ学問を勤めて物事をよく知る者は貴人となり富人となり、無学なる者は貧乏となり下人となるなり」『学問のすすめ』(筑摩書房) 福澤諭吉

格差とは、差別されていない状態での水準・資格・等級・価格・格付け・レベル等の差。

働き方・社会的地位・経済・政治・教育・世代間・恋愛・健康・医療・介護等に格差がある。高齢者の住まいにも格差がある。まさしく格差社会である。

差別は"決して許されない"。
格差は"ある程度許される"。

# 表と裏

「表と裏は、それぞれ外と内という日本で特に意識されること
の多い人間関係の区別に対応すると考えられている」『表と裏』
（弘文堂）　土居健郎

『建前と本音』人には必ず他人に見せる顔と自分の心の中があ
る。そして他人に見せる顔と心の中は違っている。『建前』を使
うのは、他人も自分も傷つかず、両者がスムーズに接するため。
なお
『表裏一体』相反する二つのものが密接に繋がっていること。

# 忖度

忖度とは、他人の気持ちを推し量って配慮すること。しかし権
力に付き従おうとする心理の中で生まれやすく、最近上位者の
意向を推し量る意味として使われている。これには上位者の癒
着問題が背景にあることが多い。

# 守秘と開示

守秘とは、知り得た情報を外部に示さないこと。
開示とは、知り得た情報を外部に示すこと。
同じことに"ある時"は守秘、"ある時"は開示がよく見られる。
立ち位置の違いと言われればそれまでではあるが。

## 矛盾

「昔、中国の楚の国で矛と盾を売っていた者が、「この矛はどんな堅い盾をも突き通すことができ、この盾はどんな矛でも突き通すことができない」と誇ったが、「それではお前の矛でお前の盾を突けばどうなるか」と尋ねられて答えることができなかった」『韓非子』の一篇［難］

矛盾がないと言うことはつじつまが合っていると言うことだが、矛盾を防ぐためのつじつま合わせに終わってはならぬ。
非核化していない国が相手国に「非核化せよ」。矛盾では？
世の中、矛盾ばかり。

## 権力者

「寄らば大樹の陰」
「泣く子と地頭には勝てぬ」
権力者の下には群れ（村）、派閥ができる。

悪い奴（権力者）ほど啖呵を切る。
悪い奴（権力者）ほどよく眠る。

## 自己保身

上位の者は不祥事が露見した時には"その場をしのぎたい"との思いで「証拠がない」と白を切って居直り、自己保身のため

に下位の者に責任をかぶせて追及から逃れようとする。"とかげの尻尾切り"である。

追及を逃れそうになくなった場合には白々しく謝罪する。

なお自己保身をする者は上位の者を持ち上げる。"ごますり"である。

我が身が可愛くて自己保身することは誰しもあることだが、過ぎた自己保身は自己破滅に繋がる。

## 甘え・わがままそしてエゴ

甘えとは、相手の好意や理解を期待し、頼っていること。

「甘えは周りの人に好かれて依存できるようにしたいという日本人特有の感情である」『「甘え」の構造』（弘文堂）　土居健郎

わがままとは、相手の感情にはお構いなく自分の主張を通すこと。

"独りよがりな"甘えは、わがままに繋がる。

エゴとは、自己の利益を重視し、他者の利益を軽視、無視すること。

## 傲慢と謙虚

傲慢とは、プライドが高く、自分は優れていると思い込み、他者を見下し、自分勝手な行動をし、「ありがとう」と言わない。

謙虚とは、偉ぶらず、素直に受け入れる姿勢を持ち、努力を惜しまず、気配りや目配りができ、相手の言うことを真っ向から否定せず、「ありがとう」と言う。

## 自尊心・自己顕示欲

自尊心とは、自己の肯定感の感情。

自分が有能であるという、そして自分に価値があるという自信から成り立っていて、人格形成や情緒の安定のために重要であると考えられている。

自己顕示欲とは、自分の存在を認めてもらいたいとアピールする欲。

誰しも持っている正常な欲で、これがあるから向上する。しかし強すぎると自己中心的になり、他人をいらいらさせる。

## 自意識過剰・目立ちたがり

自意識過剰とは、他人は何も思ってはいないのに勝手に自分が他人にどう見られているか思い過ぎること。

目立ちたがりとは、自分を積極的に売り込み、派手好きで流行を追い、人から言われるとすぐその気になり、自分の能力と釣り合わないことを望み、何処にいても中心的存在になりたがること。

## 僻み・嫉み・妬み・恨み

僻みとは、人をうらやましがり、人に偏った見方をする気持ち。

嫉みとは、人をうらやましがり、自分に劣等感を抱く気持ち。

妬みとは、人をうらやましがり、人を憎む気持ち。

「妬みには、誰かが失敗した時に思わず沸き起こってしまう喜

びの感情であるシャーデンフロイデが関わっている。この過程でオキシトシンが深く関わっている」『シャーデンフロイデ』（幻冬舎）　中野信子

「世の中で一番みにくいことは他人の生活をうらやむ（妬む）ことです」（福澤諭吉）

恨みとは、他からの仕打ちを不満に思って憤り、憎む気持ち。

「恨みに報ゆるに徳を以ってす」『老子』

恨みを抱くような相手であっても仕返しをするのではなく、許しの心で温かく接するべきである。

# ハングリー精神と負けず嫌い

ハングリー精神とは、精神的な飢餓によって物事を強く求め、達成への強い意志を持つ気持ち。

「人の可能性を大きく伸ばすのはハングリー精神である。飢餓状態が新しい遺伝子を“ON”にする」『幸せの遺伝子』（扶桑社）村上和雄

負けず嫌いとは、人に負けることが嫌いであることで達成への強い意志を持つこと。

長所として、モチベーションが高い、粘り強い。

短所として、見栄っ張り、嫉妬深い、人間関係を壊しやすい。

# 嘘・改ざん・捏造・隠蔽

嘘とは、人を騙すために事実とは違うことを言うこと。

「人生において何よりもむずかしいことは嘘をつかずに生きることだ」（ドストエフスキー）
「世に語り伝ふること、まことはあいなきにや、多くは皆虚言<ruby>虚言<rt>そらごと</rt></ruby>なり」『徒然草』（吉田兼好）

「嘘も方便」
ついてはいけない嘘と、ついても良い嘘がある。

改ざんとは、文書などに勝手に手を加えることで、必ずしも嘘が背景にはない。
捏造とは、事実ではないことを事実であるかのようにでっち上げることで、嘘が背景にある。

隠蔽とは、都合の悪い物事を故意に隠すことで、このことにも嘘が背景にある。

「記憶にございません」は、よく耳にする言葉。
最近「ご飯を食べたか」の問いに「ご飯は食べていない（パンは食べたけど米は食べていない）」と答える『ご飯論法』がまかり通っている。
これら隠蔽の一つ。

## 真似ること

書画骨董品の中でも悩ます品は贋作。しかし騙す目的ではなくて勉強のために本物を真似ることはいくらでもある。したがっ

て真似ること自体、悪いことではない。

いずれにしても贋作であろうがなかろうが、所有者がその品に満足していれば周りでとやかく言うことではない。

ジェネリック医薬品とは、先発医薬品の特許が切れた時に先発医薬品を真似て製造している後発医薬品のこと。ジェネリックとは、ブランドに囚われないといった意味。

ジェネリック医薬品は開発費が少なくて済むから先発医薬品より安くて、医療費が削減できる。したがって行政はジェネリック医薬品を推奨、否、強要している。

# ▌義理と人情

「義理と人情」は日本特有の濃厚な社会関係を維持し、そして社会に根差してきた心意気。

「浪花節だよ人生は」

「人生は義理と人情と浪花節」

浪花節が廃れると共に「義理と人情」も廃れている。

『刻石流水』─掛けた情けは水に流せ。受けた情けは石に刻め。

# ▌恩

かつて、卒業式では"仰げば尊しわが師の恩"の歌声が何処の学び舎からも聴こえてきた。

恩は『日本書紀』では"めぐむ"と訓まれる。

"めぐむ"は"芽ぐむ"であり、冬の間眠っていた草木の命が春

の陽気によって甦ることである。したがって恩を施すということとは他人の命を甦らせることであり、恩を受けるということは、他人から命を甦らせてもらうことである。

## ▌偶然と必然

偶然とは、何の因果関係もなく予期しないことが起こること。必然とは、それより他に"なりよう"のないこと。

人との出会いは偶然ではなく必然。どんなに自分にとって嫌いな人間だとしても自分がその人を引き付け、出会うべくして出会っている。今出会っている全ての人たちは全て自分の人生の中で必要な人たちであり、嫌いだと感じる人からだって得るものがある。

「貧となり富となるのは偶然ではない。富もよってきたる原因があり、貧もそうである。人はみな、財貨は富者のところに集まると思っているが、そうではない。節倹なところと、勉励するところに集まるのだ」(二宮尊徳)
「人生にはおもしろくないことがたくさん起こる。それは全て自分に責任がある。何かを気づかせるために起こるということを知っておいたほうがいい。この世に起こることは全て必然で必要、そしてベストのタイミングで起こる」(松下幸之助)

気の向くままに

# 縁と運

「合縁奇縁」

人と人の気心が合う合わないは世の中の不思議な縁による。

「一樹の陰一河の流れも他生の縁」

他生とは、前世。この世の中で起こる一切の出来事は、すべて前世からの縁による。

「躓く石も縁の端」

世の中で出会うことは全て不思議な何らかの縁で結ばれている。

「小才は縁に出会って縁に気付かず、中才は縁に気付いて縁を活かさず、大才は袖振り合う縁をも活かす」（柳生宗矩）


「苦悩させられるのではなく、苦悩するのだ。愛されるのではなく、愛するのだ。生かされるのではなく、生きるのだ」『人間の縁』（海竜社）　浅田次郎

「縁なき衆生は度し難し」『法華経・方便品⇒鎌倉諸芸袖日記』

衆生とは、全ての生き物。度すとは、迷いから救い、悟りを開かせること。

人の忠告を聞き入れようとしない者は救いようがない。

「人間こうありたい、ああありたいといろいろ考えて努力するが、縁の無いものは、いくら努力しても結局成就しない」『縁に随う』（日本経済新聞社）　荒川豊蔵


運は意思や努力ではどうしようもない巡り合わせ。そこで皆、呪い、占い、八卦になびく。

「当たるも八卦、当たらぬも八卦」

103

第80世寺坂義照管長と

第85世寺坂義継管長と

両親の死により西山浄土宗では初めての親子の管長*にお会いできた「縁そして運」。

*第80世寺坂義照管長と第85世寺坂義継管長

気の向くままに

「運も実力のうち」
運は引き寄せるもの、創るもの。

英国の心理学者ワイズマンの調査によると、運が良い人は新し
い経験を積極的に受け入れ、外向的で、余り神経質ではなかっ
た。また運が悪い人を運が良い人のように行動するように指導
したら80％運が良くなった。

# 運命

運命とは、生まれてから経験して運ぶ命。
（宿命とは、生まれつき宿っている命）

「我々の存在、我々の人生というものは一つの命である。その
命は、宇宙の本質たる限りなき創造変化、すなわち"動いて已
まざるもの"であるがゆえに運命という」（安岡正篤）
運命は人生に訪れる目に見えない大きな流れ。どこまでもダイ
ナミックなもの。

身の周りに起こる様々な出来事から運命のサインを読み取れる
かどうかで人生は大きく変わってくる。
「運命は我々の行為の半分を支配し、あとの半分を我々自身に
ゆだねている」（マキャベリ）
「運命は、どこかよそからやってくるものではなく、自分の心
の中で成長するものである」（ヘッセ）

105

# 幸福

幸福とは、自分が創りだす心の状態。

幸福を感じるには、本当に楽しいと思うことをもっとすることである。

「足ることを知ることこそが、幸福である」（森鷗外）

「"幸"は原因が自分にはない幸い。"福"は原因が自分にある幸い」（安岡正篤）

「幸不幸は全く個人的なもので他人は本来無関係。一般的な幸せとか一般的な不幸というものは恐らくない」『ぼちぼち結論』（中央公論新社）　養老孟司

「幸福とは、現状にどれだけ満足しているか、感じるもの」『大富豪からの手紙』（ダイヤモンド社）　本田健

「なんだ、あれが僕たちの探している青い鳥なのだ。僕達はずいぶん遠くまで探しに行ったけど、本当は何時もここにいたのだ」（メーテルリンク）

「他人の不幸の上に自分の幸福を築いてはならない。他人の幸福の中にこそ自分の幸福もあるのだ」（トルストイ）

「一生の仕事を見出した人には、ほかの幸福を探す必要はない」（カーライル）

「幸せの三要素は、自分自身が好きかどうか、良い人間関係を持っているかどうか、そして人や社会に貢献しているかどうか」（アドラー）

ハーバード大学の心理学者ウォールディンガー教授らによる成人発達研究によると、人を幸福にするものは富でも名声でも、

いい仕事を得て働くことでもなく"良い人間関係を築くこと"である。

「良き友は人生の支えであり、人生を生きゆく上の喜びである」（ロドイダムバ）

良き友とは、自分をあるがままに受け入れてくれる人。自分の価値を認めてくれる人。自分を尊敬してくれる人。自分を励まし、精神的に支えてくれる人。正直で信頼できる人。

三大幸福論とは、

「福という言葉には何か憂鬱な調子がある。それを口にする時、既にそれは逃げ去っている」（ヒルティ）

「笑うから幸せなのだ」（アラン）

「自分の関心を内へ内へと向けるのではなく、外界へと振り向けてあらゆることに好奇心を抱くことが幸福獲得の条件である」（ラッセル）

# 人生

人生いろいろ。

人生は縁と運とのタイミング。

人生の9割は運。

人生の「三毒」とは、貪、瞋、癡。

貪はむさぼり。瞋は怒り。癡はおろかさ。いわゆる煩悩。

「人生においては何事も偶然である。しかしまた人生においては何事も必然である。このような人生を我々は運命と称してい

る」（三木清）

「人生は難しく考えるから分からなくなる」（武者小路実篤）

「人生とは自転車のようなものだ。倒れないようにするには走らなければならない」（アインシュタイン）

「人はそれまでの人生で選択したことの総体である」（ベゾス）

『ライフ・シフト 100年時代の人生戦略』で「人生100年時代を迎えると、歳を取っても働き続ける。技術が発展して働き方が変わる。家族のあり方が多様になる」と記しているリンダ・グラットンは、『朝日新聞（2018年12月19日付）』でのインタビューで「技術が進歩し、長寿になれば幸せになるチャンスは増えるはず。そのために組織や、業績や財務状況等のファンダメンタルズ（経済での基礎的条件）を変えねばならない」と述べている。

「身は不繋の舟の如く、一に流行坎止に任す。心は既灰の木に似て、何ぞ刀割香塗を妨げん」『菜根譚』

この身は、あたかも繋がざる捨て小舟のように流れるも止まるも任せきりにする。またこの心は、生気のなくなった木のように切られるも塗られるも妨げることはない。

「行く川のながれは絶えずして、しかも本の水にあらず。淀みに浮かぶうたかたは、かつ消えかつ結びて、久しくとどまりたるためしなし」『方丈記』（鴨長明）

「風も吹きあへずうつろふ人の心の花になれにし年月を思へば、あはれと聞きし言の葉ごとに忘れぬものから、わが世の外になりゆくならひこそ、なき人の別れよりもまさりて悲しきも

のなれ」『徒然草』（吉田兼好）

方丈記、徒然草共に無常観（常に同じものはこの世には無いという観方）を謳っている。

## 生き方

「人に熱と誠があれば何事でも達成するよ。よく世の中が行き詰まったと云う人があるが、是は大いなる誤解である。世の中は決して行き詰まらぬ。若し行き詰まったものがあるならば、これは熱と誠がないからである」（北里柴三郎）

「夢をどう描き、どう実現していくか？」『生き方』（サンマーク出版）　稲盛和夫

「一瞬が連なって一日となり、一年となり、一生となるのです。きのうと同じように過ごした今日であっても、きのうはきのうの一度きり、今日も一度きりの今日なのです。これほどかけがえのない今日を、失敗を恐れて無為に過ごすのは、あまりにもったいないではありませんか」『生きかた上手』（ユーリーグ）日野原重明

「イギリス人はよく「ホビイ」について語る。「ホビイ」とは訳せば趣味とか道楽とかをいうことであろう。人が生活のためでも職務のためでもないことに凝る、その対象となる楽しみを指していうのである。（中略）「ホビイ」を楽しむことに何の実益があるかといわれると、すぐに答えることは出来ないが、個人としても国民としても「ホビイ」を持ち、「ホビイ」について語るのは楽しいことである。勿論生活は大事であり、職務は大事であるから、話をすればすぐ生活のこと、職務のことが口に出

るのも随分無理のない次第ではあるが、しかし、ひとり事務所
でのみならず、家庭でもクラブでも、仕事や仕事先きのことば
かり話して暮らすのは、あまり羨ましくない一生である」『善
を行うに勇なれ』（慶應義塾大学出版会）　小泉信三

# 価値観そして人生観

価値観は国、地域、時代によって違う。国、地域、時代が同じ
でも人様々である。したがって、ときにコミュニケーションを
破綻させる。

人生観は人生に対する価値観。
その人の性別、性格、生きている時代背景、社会的環境により
影響を受けていることも多い。また加齢の影響を受けることも
ある。

生きがいは人生観に通じている。
"今に満足"といった生きがいから"これからも頑張る"といっ
た生きがいがある。

「生きがいというものは、まったく個性的なものである。借り
ものやひとまねでは生きがいたりえない。それぞれのひとの内
奥にあるほんとうの自分にぴったりしたもの、その自分そのま
まの表現であるものでなくてはならない」『生きがいについて』
（みすず書房）　神谷美恵子

気の向くままに

# 寿命

平均寿命は０歳の人々が生きることができる可能性の年数。平均余命は“ある”年齢の人々の同様な年数。
健康寿命は平均寿命より介護を要する年数を引いた寿命で、平均寿命より男性は約９年、女性は約13年少ない。
天寿とは、人それぞれに天から授かった寿命で、必ずしも長寿を意味しない。

愛知県がんセンター名誉総長の大野龍三は『健康長寿の要因を探る―職業と長寿に関係はあるのか―』（京　no.192　日本新薬）で、大略「健康長寿であるには、まずは健康であること。そして重度の介護を要する可能性がある認知症や脳神経系障害にならないこと。生きがいを感ずることが必要。
職業別の40歳での平均余命は、学士院会員、僧侶、彫刻家、画家、医師の順に平均余命より10年以上長い。その要因として、仕事に対する生きがい・満足感があること。良い生活習慣であること。経済的に豊かなので高レベルの医療や介護が受けられること」と記している。

「健康寿命という考えは、わからないでもないが、人間は老いる存在なのだ。元気な老人たちの陰に、身体の不自由をかかえて永年苦しんで生きてきた人びとの数が、どれほど多いことか」『健康という病』（幻冬舎）　五木寛之

老化はいろいろな組織の細胞死によって生じる慢性炎症と深く

関わっている。したがって長寿者には炎症の指標であるCRP
価が低い人が多い。

慢性炎症によって生じる生理的活性物質が関与していると考え
られているフレイル（虚弱）、サルコペニア（加齢性筋肉減弱症）
そして運動器の障害で移動機能が低下したロコモティブ症候群
（運動器症候群）を防ぐには適切な運動と食事が大切である。

さらに骨粗しょう症を防ぐことで介護予防に繋ぐことができる。
長寿者は自分の人生を肯定的に捉え、幸福感が高い人が多い。
ただ、そのような人が長寿になるのか、長寿になってそうなる
のかは分からない。

長寿者は現時点では寝たきりや認知症のために要介護度の高い
ケースが多く、「長生きしておめでとう」と諸手を挙げて喜ん
ではいられない。


「老年は私たちの生涯の一つの段階であり、外の全ての段階と
同じようにその特有の雰囲気と温度、特有の喜びと苦悩を持
つ」（ヘッセ）

「老年と青年の本質的な違いがあるとすれば、それは青年の後
に老年が来るのに対し、老年の後には死が来るというだけであ
ろう。しかし語ることができるのは、生であって、死ではない。
語ることは人生に属し、死は人生の否定にすぎないからであ
る」『夕陽妄語』（朝日新聞社）　加藤周一

「年配者同士が昔の自分について喫茶店で話していることのか
なりはフィクションでしょう」『すごいトシヨリBOOK』（毎日新
聞出版）　池内 紀

この捏造度で老化段階が分かる。

気の向くままに

「寿命は遺伝子だけでなく環境因子の影響も大きく多因子的なもので、それらのバランスの上に立っている」『天寿を生きる』（角川書店）　祖父江逸郎※ ※我が恩師
「自分なりのライフスタイルを編み出すことが天寿の道につながっていく」『天寿を生きる』（角川書店）　祖父江逸郎
「元気に、なんらかの社会貢献をしつつ齢を重ねる『プロダクティブ・エイジング』を、あるいは自己実現もできる『サクセスフル・エイジング』を全うすることが、これからの高齢者に課される大きな課題であろう」『長寿を科学する』（岩波書店）祖父江逸郎

寿命に繋がる養生について
「少肉多菜、少塩多酢、少糖多果、少食多噛、少煩多眠、少怒多笑、少言多行、少欲多施、少衣多浴、少車多歩」『長寿十訓』（横井也有）

「歌をよむに、ひろく歌書をよんで、歌学ありても歌の下手はあるもの也。歌学なくして上手は有まじきなりと心敬法師いへり。医術も亦かくの如し。医書を多くよんでも、つたなき医はあり。それは医道に心を用ひずして、くはしからざればなり。医書をよまずして、上手はあるまじき也。から・やまとに博学多識にして、道しらぬ儒士は多し。博く学ばずして、道しれる人はなきが如し」『養生訓』（貝原益軒）
学ばなければ話にならない。
「病気の治療や予防の注意は医師の仕事であるが、病気の予防や健康法の実際は本人自身が実行しなければ何の役にもたた

ぬ。当たり前のことであるが他人が代わりにやってやれるものではない。また知識だけ持っていても実行しなければ全く無意味な話である」

『ミニ養生訓』（日比野進※）※じき我が恩師

「医師にあらざれども、薬をしれば、身をやしなひ、人をすくふに益あり。されども、医療に妙を得ることは、医生にあらざれば、道に専一ならずして成がたし。みづから医薬を用ひんより、良医をゑらんでゆだぬべし。医生にあらず、術あらくして、みだりにみづから薬を用ゆべからず」『養生訓』（貝原益軒）

良い医者に委ねるのが良い。

「医師選びも寿命のうち」『ミニ養生訓』（日比野進）

# 引き際

「功成り名遂げて身退くは天の道なり」『老子』（老子）

「事業の進歩発達にもっとも害するものは青年の過失ではなくて老人の跋扈である」（伊庭貞剛）

跋とは飛び跳ねること。扈とは魚を捕る竹籠のこと。したがって跋扈とは魚が竹籠に入らずに飛び跳ねている様。事業にとって最大の害は若手の失敗ではなくて老人が影響力を行使し続けることである。

「老兵は死なず、ただ消え去るのみ」（マッカーサー）

始めるより終えるほうが難しい。

気の向くままに

# 生と死

「このところ私は生き方を学んでいるつもりであったが、最初から死に方を学んでいたのだ」(ダビンチ)

「人は、いつか必ず死ぬということを思い知らなければ、生きているということを実感することもできない」(ハイデッガー)

「一人の人間の死後に残り、思い出となるのは、地位でも財産でも名誉でもない。その人の心・精神・言動である」(安岡正篤)

「好ましい死とは、望ましい生き方の先にひかえているものである」『天寿を生きる』(角川書店) 祖父江逸郎

「現代の科学が神の意思と戦うのは勝手だが、科学と神の間でウロウロする私の方はたまらない。生きるのもたいへんだが、今は死ぬこともタイヘンなのである」『ああ面白かったと言って死にたい』(海竜社) 佐藤愛子

「なんでもこの世に引き戻そう、引き戻そうとする医学は、本当は間違っているのではないか」『達者でポックリ。』(東洋経済新報社) 帯津良一

"不老不死"の思想は昔からあって『史記』によると、秦の始皇帝は徐福に東の海の蓬莱山の"不老不死"の仙人を連れてくるか"不老不死"の薬を持ってくることを命じた。しかし徐福は蓬莱山を見つけることができず。そこで始皇帝は部下たちに当時聖なる薬とされていた水銀が含まれている"不老不死"の薬を作らせて飲んだが亡くなってしまった。

現在、遺伝子に関する研究は進化しており、寿命に関係する遺伝子も見つかっている。

最近"死生観"について多く語られるようになった。
「死を見つめることは生き方を問うこと」『死とどう向き合うか』
（日本放送出版協会）　アルフォンス・デーケン
「死の問題を考え続けることで、私たちの生活は、いっそう深
まりをみせ、豊かな人生をもたらしてくれるのです」『わたし
が死について語るなら』（ポプラ社）　山折哲雄
「死が永久の喪失であるなら、永久の喪失ということの重さは
運命をどう測るかによって決まってくる。運命を測ることがで
きないという結論になれば、喪失の重さ、あるいは大きさを計
量することはできない。後はただ、それを担いで生きていくこ
とであろう」『死のありか』（晶文社）　芹沢俊介

終末期医療が大きな課題となっている。
「医療現場を見ると、治療にばかり目を向けてきた医療の空白
域がはっきり見えてくる。医療のこのゆがみの中で、われわれ
はいつどんな形でいのちの決断を迫られるのかわからないの
だ」『言葉の力、生きる力』（新潮社）　柳田邦男
「高齢の場合は、快適な生活は最低限確保する目標になる。そ
の上で、長生きが加えられたらそれは幸いなことに違いない。
他方、高齢でない場合は、積極的な治療が長生きにはプラスに
働くが、快適さにはマイナスの結果を伴うことが、しばしばあ
る。こうした場合、快適さに起こるマイナスの程度と、長生き
のプラスとを勘案して、本人の人生の今後の物語の可能性を考
え、最善の道を探すことになる」『医療・介護のための死生学
入門』（東京大学出版会）　清水哲郎
このような状況でACP（Advance Care Planning／アドバンス・

ケア・プランニング）が議論されている。

ACPとは、希望する終末期の治療・ケアについて信頼する相手と繰り返し話し合うことである。なお健康状態や患者の生活状況が変わる毎に繰り返し行われるべきである。また患者が自ら意思決定ができなくなった時に備えて患者に成り代わって意思決定を行う人を選定しておく必要がある。

一方リビングウイル（Living Will）とは、何時か理性的判断ができなくなることを想定して尊厳死を念頭に置いて終末期には延命治療を希望しないと「意思表示」をしておくことである。当然のことながらACPに織り込むことはできる。

佐伯啓思は『死と生』（新潮社）で、大略「人生の最後をどう迎えるかということは本来文化の問題であるが、日本のような「超」高齢化へと突入している社会では介護施設やターミナルケアといった社会の問題。なお高度な情報・産業社会では生と死の問題への関心が持たれなくなっている」と記している。広井良典は『死生観を問いなおす』（筑摩書房）で、大略「死生観とは個人の生と死が宇宙や生命全体の流れの中でどのような位置にあり、どのような意味を持っているかを考えることである。しかし現在、死の意味がわからない、生の意味づけがよく見えないというように死生観が空洞化している」と記している。イエール大学の哲学の教授シェリー・ケーガンは『「死」とは何か』（文響社）で、大略「死を考えることは、いかに人生の価値を高めるかを考えることである」と記している。

"生き方"もさることながら"死に方"も難しい。特に医者として。

# 辞世の句

「人間五十年 下天のうちを比ぶれば夢幻の如くなり。ひとたび生を得て滅せぬもののあるべきか」(織田信長)
人間の一生は所詮50年に過ぎない。天上世界の時間の流れに比べたらはかない夢や幻のようなものであり、命あるものはすべて滅びてしまうものだ。
「露と落ち露と消えにし我が身かな 浪速のことも夢のまた夢」(豊臣秀吉)
露のように落ち露のように消えた我が身よ。大阪での日々は夢のようなものであった。
「嬉しやと再び覚めて一眠り 浮き世の夢は暁の空」(徳川家康)
これが最後だと思って眠ったが、嬉しいことにまた目覚めることができた。現世で見る夢は夜明けの時の暁の空のようなものだ。
「おもしろきこともなき世をおもしろく」(高杉晋作)
つまらない世で生きていかねばならない自分の人生は、せめておもしろくする。
「日本を今一度洗濯いたし候」(坂本龍馬)
日本を洗濯して、もう一度きれいな国に戻す。
「人の巧を取って我が拙を捨て 人の長を取って我が短を補う」(桂小五郎／木戸孝允)
自分のいとぐちを切り開くためには相手の優れたところを取り入れることが大切。
「敬天愛人」(西郷隆盛)
天を敬い人を愛そう。
「彼は彼 我は我でいこうよ」(大久保利通)

自分の信じる道を進もう。

「行いは己のもの。批判は他人のもの。知ったことではない」（勝海舟）

何をするかは自分で決めること。それに対して批判するのは所詮他人。そんな他人の批判なんか知ったことではない。

# 最期の言葉

「是非に及ばず」（織田信長）

（謀反があったことに）是非を判断することに及ばない。

「秀頼のこと　くれぐれも頼み参らせ候」（豊臣秀吉）

「先に行くあとに残るも同じこと　連れて行けぬをわかれぞと思う」（徳川家康）

家臣との別れとして家臣を連れて死なないことである。

「ここまでやったのだからしっかりやってくれろ」（高杉晋作）

「太刀はないか」（坂本龍馬）

「西郷　もうよいではないか」（桂小五郎／木戸孝允）

「もうここらでよか」（西郷隆盛）

「無礼者」（大久保利通）

「これでおしまい」（勝海舟）

# 町医者のたわごと─医療・介護四方山話

### [あ]

医者と患者　6
　＊危険と安全への対策　9
　＊コミュニケーションの欠如　10
医療と介護　12
　■医療関係を中心に　12
　■介護関係を中心に　15
　■医療と介護の関係　18
縁と運　46

### [か]

経営　31
　＊リピーター　40
　＊サービス　40
　＊患者様　41
ゲノム　42

### [さ]

仕事と休日　28
生と死　48
　〈自殺〉　48
　〈安楽死・尊厳死〉　50

### [な]

人間の心理　22
　＊だまされやすさ　25

### [は]

病気はなぜ生ずるのか　19
文明と文化　20
　■文化事業と文化力について　21

# 索　引

## 気の向くままに

### ［あ］
甘え・わがままそしてエゴ　97
医学と芸術　63
医学と宗教　63
生き方　109
虐めと虐待　89
医者と患者　64
居場所　80
医療と介護　66
嘘・改ざん・捏造・隠蔽　99
運命　105
エビデンス　83
縁と運　103
表と裏　95
恩　101

### ［か］
会議　70
価値観そして人生観　110
考えるということ　81
患者様　65
協調性　76
義理と人情　101
偶然と必然　102
君子　92
経験　74
決断　75
健康と病気　63
権利と義務　93
権力者　96
幸福　106
傲慢と謙虚　97
言葉　67
コミュニケーション　69

### ［さ］
才能と才覚　83
錯覚と思い込み　84
差別と格差　94
三識そして知恵・知性と叡智　73
自意識過剰・目立ちたがり　98
時間　71
事故　86
仕事力　77
自己保身　96
自尊心・自己顕示欲　98
失敗と過失　85
社会と世間　79
守秘と開示　95
寿命　111
常識・良識と教養　66
情報　68
信義と仁義　93
人生　107
信念　87
人望と人気　88
信用と信頼　87
性格と人格そして人間性　89
生活　62
生産性　72
生と死　115
善　91
総合診療医　65
組織　78
忖度　95

### ［た］
段取り　76
忠恕　92

### ［な］
認知　75

直観　75
適材適所・適所適材　80
統率者　79
徳　91

### ［は］
働くということ　71
判断するということ　81
ハングリー精神と負けず嫌い　99
僻み・嫉み・妬み・恨み　98
引き際　114
文系と理系　82

### ［ま］
学ぶということ　73
真似ること　100
観方　87
視方　86
矛盾　96

### ［ら］
理解　74
倫理と道徳　90
礼　93

121

## 町医者のたわごと—医療・介護四方山話

『安全学』(青土社) 村上陽一郎

『失敗学のすすめ』(講談社) 畑村洋太郎

『だから失敗は起こる』(日本放送出版協会) 畑村洋太郎

『人間の関係』(ポプラ社) 五木寛之

『大往生』(岩波書店) 永六輔

『ヒトはなぜ病気になるのか』(ウェッジ) 長谷川眞理子

『病いに挑戦する先端医学』(ウェッジ) 谷口克編著

『文化を事業する』(丸善ライブラリー) 清水嘉弘

『文化力 日本の底力』(ウェッジ) 川勝平太

『文明の死／文化の再生』(岩波書店) 村上陽一郎

『ウソが9割 健康TV』(リヨン社) 三好基晴

『怖いくらい人を動かせる心理トリック』(三笠書房) 樺旦純

『黒すぎる心理術』(マルコ社) 山岡真司、巧英一、山岡重行

『人はなぜ騙されるのか』(朝日新聞社) 安斎育郎

『だます心 だまされる心』(岩波書店) 安斎育郎

『兵法三十六計』(ダイヤモンド社) ハロー・フォン・センゲル(石原薫訳)

『働きすぎの時代』(岩波書店) 森岡孝二

『働くということ』(日本経済新聞社) 日本経済新聞社＝編

『やりたいことをやれ』(PHP研究所) 本田宗一郎

『働き方』(三笠書房) 稲盛和夫

『汗出せ、知恵出せ、もっと働け！』(文藝春秋) 丹羽宇一郎

『ワーキングプア』(ポプラ社) NHKスペシャル『ワーキングプア』取材班＝編

『論語と算盤』(筑摩書房) 渋沢栄一

『アメーバ経営』(日本経済出版社) 稲盛和夫

『トヨタ語録』(ワック) 石田退三

『ムダとり』(幻冬舎) 山田日登志

『現代版 商人道』(にっかん書房) 藤本義一

『古典に学ぶ 経営術三十六計』(ウェッジ) 舟橋春雄

『社長の幸せな辞め方』(かんき出版) アタックスグループ 編著

『会社を上手に任せる法』(日本経営合理化協会出版局) 井上和弘

# 引用文献

『ディズニーランドはなぜお客様の心をつかんで離さないのか』（中経出版）　芳中晃

『サービスを超える瞬間』（かんき出版）　リッツ・カールトン

『サービス哲学』（インデックス・コミュニケーションズ）　窪山哲雄

『日本語を反省してみませんか』（角川書店）　金田一春彦

『ゲノムはここまで解明された』（ウェッジ）　斎藤成也 編著

『遺伝子情報は人類に何を問うか』（ウェッジ）　柳川弘志

『ゲノム解読がもたらす未来』（洋泉社）　金子隆一

『暴走する遺伝子』（平凡社）　岡田正彦

『あなたの余命教えます』（講談社）　幸田真音

『縁に随う』（日本経済新聞社）　荒川豊藏

『自死という生き方』（双葉社）　須原一秀

『シジフォスの神話』（新潮社）　アルベール・カミュ（矢内原伊作訳）

『安楽死と尊厳死』（講談社）　保坂正康

『死とどう向き合うか』（日本放送出版協会）　アルフォンス・デーケン

『生と死の教育』（岩波書店）　アルフォンス・デーケン

『生き方』（サンマーク出版）　稲盛和夫

『生きて死ぬ智慧』（小学館）　柳澤桂子

『美しい死』（アドスリー）　森亘

『「死」を哲学する』（岩波書店）　中島義道

『歌集　樗風集』（短歌新聞社）　村野次郎

『他力の哲学』（河出書房新社）　守中高明


## 気の向くままに

『知的生活習慣』（筑摩書房）　外山滋比古

『医学と宗教』（東洋書店）　辻井正

『現代医学と宗教』（岩波書店）　日野原重明

『森美術館図録』（平凡社）　南條史生

『病いと健康のあいだ』（新潮社）　立川昭二

『健康病』（洋泉社）　上杉正幸

『健康という病』(幻冬舎)　五木寛之

『ことばと思考』(岩波書店)　今井むつみ

『言葉の魂の哲学』(講談社)　古田徹也

『生きていくあなたへ』(幻冬舎)　日野原重明

『大富豪からの手紙』(ダイヤモンド社)　本田健

『子どもとことばの世界』(ミネルヴァ書房)　今井和子

『「こころ」を健康にする本』(日本経済新聞出版社)　大野裕

『友だち幻想』(筑摩書房)　菅野仁

『君たちはどう生きるか』(マガジンハウス)　吉野源三郎

『伝達の整理学』(筑摩書房)　外山滋比古

『医療4.0』(日経BP社)　加藤浩晃

『生産性とは何か』(筑摩書房)　宮川努

『学問の発見』(講談社)　広中平祐

『学びとは何か』(岩波書店)　今井むつみ

『忘れるが勝ち！』(春陽堂書店)　外山滋比古

『ハーバード式「超」効率仕事術』(早川書房)　ロバート・C・ポーゼン(関美和訳)

『草枕』(新潮社)　夏目漱石

『深く考える力』(PHP研究所)　田坂広志

『「考える頭」のつくり方』(PHP研究所)　外山滋比古

『判断力』(日本経済出版社)　スコット・プラウス(浦谷計子訳)

『「判断力」の磨き方』(PHP研究所)　和田秀樹

『その部屋のなかで最も賢い人』(青土社)　トーマス・ギロビッチ、リー・ロス(小野木明恵訳)

『文科の発想・理科の発想』(講談社)　太田次郎

『文系と理系はなぜ分かれたのか』(星海社)　隠岐さや香

『知ってるつもり』(早川書房)　スローマン、ファーンバック(土方奈美訳)

『失敗学のすすめ』(講談社)　畑村洋太郎

『信頼はなぜ裏切られるのか』(白揚社)　デステノ(寺町朋子訳)

『危機と克服』(新潮社)　塩野七生

『ヒトは「いじめ」をやめられない』(小学館)　中野信子

『善の研究』(講談社)　西田幾多郎

# 引用文献

『学問のすすめ』（筑摩書房）　福澤諭吉

『表と裏』（弘文堂）　土居健郎

『「甘え」の構造』（弘文堂）　土居健郎

『シャーデンフロイデ』（幻冬舎）　中野信子

『幸せの遺伝子』（扶桑社）　村上和雄

『人間の縁』（海竜社）　浅田次郎

『縁に随う』（日本経済新聞社）　荒川豊蔵

『ぼちぼち結論』（中央公論新社）　養老孟司

『ライフ・シフト 100年時代の人生戦略』（東洋経済新報社）　リンダ・グラットン、
　アンドリュー・スコット（池村千秋訳）

『生き方』（サンマーク出版）　稲盛和夫

『生きかた上手』（ユーリーグ）　日野原重明

『善を行うに勇なれ』（慶應義塾大学出版会）　小泉信三

『生きがいについて』（みすず書房）　神谷美恵子

『健康長寿の要因を探るー職業と長寿に関係はあるのかー』（京 no.192 日本新薬）　大野龍三

『夕陽妄語』（朝日新聞社）　加藤周一

『すごいトショリBOOK』（毎日新聞出版）　池内紀

『天寿を生きる』（角川書店）　祖父江逸郎

『長寿を科学する』（岩波書店）　祖父江逸郎

『ああ面白かったと言って死にたい』（海竜社）　佐藤愛子

『達者でポックリ。』（東洋経済新報社）　帯津良一

『死とどう向き合うか』（日本放送出版協会）　アルフォンス・デーケン

『わたしが死について語るなら』（ポプラ社）　山折哲雄

『死のありか』（晶文社）　芹沢俊介

『言葉の力、生きる力』（新潮社）　柳田邦男

『医療・介護のための死生学入門』（東京大学出版会）　清水哲郎

『死と生』（新潮社）　佐伯啓思

『死生観を問いなおす』（筑摩書房）　広井良典

『「死」とは何か』（文響社）　シェリー・ケーガン（柴田裕之訳）

## おわりに

瀧田 資也

　此の度上梓した本は町医者として『日頃気に掛かっていること』を気の向くままにまとめた随想録である。

　まとめるに当って種々雑多な出版物・新聞・インターネットを斜め読みし、それらの中から私の視点から整理した内容を参考にした。

　結果、「医療と介護」「生と死」などの「生老病死」に繋がった大きなテーマから身近な話題まで幅広く収載することができた。

　なお、取り上げたテーマ・話題の幾つかは多くの人にとっても『日頃気に掛かっていること』と思う。

　したがって、拙著が多くの人の問題解決の"ヒント"となれば幸いである。

亡き父と母に捧げる。

上梓を支えてくれた家族に捧げる。

瀧田 資也
Motonari Takita

**1942（昭和17）年**　愛知県生まれ
**1961（昭和36）年**　東京都立日比谷高等学校卒業
**1968（昭和43）年**　慶應義塾大学医学部卒業
　　　　　　　　　同大学病院研修
**1969（昭和44）年**　名古屋大学医学部内科学第一講座
1969（昭和44）年　国立名古屋病院（現国立病院機構名古屋医療センター）血液内科
1973（昭和48）年　同講座血液研究室（現病態内科学講座血液・腫瘍内科学）、
　　　　　　　　　同医学部附属病院血液内科
**1979（昭和54）年**　常滑市民病院内科
**1986（昭和61）年**　瀧田医院
**1987（昭和62）年**　瀧田医院管理者継承
**1988（昭和63）年**　医療法人化し理事長として
　　　　　　　　　瀧田医院、タキタデイプラザ（瀧田医院分院・タキタキッズプラザ・
　　　　　　　　　タキタシニアプラザ）、瀧田マッサージ・鍼灸治療院、有料老人ホーム
　　　　　　　　　たきたやわらぎ邸を運営

　　　　　　　　　なお
**1987（昭和62）年**　瀧田繊維工業（現瀧田繊維）株式会社
　　　　　　　　　代表取締役社長継承

# 日頃気に掛かっていること

2019年3月31日　初版第1刷発行

著　　　者　　瀧田 資也

発　行　所　　関東図書株式会社
　　　　　　　〒336-0021 さいたま市南区別所3-1-10
　　　　　　　電話　048-862-2901　URL　https://kanto-t.jp/

印刷・製本　　関東図書株式会社

Ⓒ Motonari Takita 2019
ISBN978-4-86536-048-6　Printed in Japan
●本書の無断複写は、著作権法上の例外を除き、禁じられています。
●乱丁本・落丁本はお取替えいたします。